The Berserker
Rises to Greatness.

黒の召喚士 〈11〉

迷井豆腐
Illustration
ダイエクスト、黒銀(DIGS)

セラ
Sera
「ベルが使徒だろうと、
魔王だろうと関係ない。
ベルは私の妹。
それだけ分かれば、私は――」

Serge
リオン
Lion
「いっけええ――!」

セルジュ
ベル
Bell
柄部分が爆発したかのように一斉に放射された、
千に及ぶ互いの攻撃が衝突する。

黒の召喚士 11

角笛響く深淵

迷井豆腐

OVERLAP

The Berserker Rises to Greatness.

登場人物

ケルヴィン・セルシウス
前世の記憶と引き換えに、強力なスキルを得て転生した召喚士。強者との戦いを求める。二つ名は『死神』。

〈ケルヴィンの仲間達〉

エフィル
ケルヴィンの奴隷でハイエルフの少女。主人への愛も含めて完璧なメイド。

セラ
ケルヴィンが使役する美女悪魔。かつての魔王の娘のため世間知らずだが知識は豊富。

リオン・セルシウス
ケルヴィンに召喚された勇者で義妹。前世の偏った妹知識でケルヴィンに接する。

クロト
ケルヴィンが初めて使役したモンスター。保管役や素材提供者として大活躍！

メルフィーナ
転生を司る女神（休暇中）。ケルヴィンの正妻を自称している。よく食べる。

ジェラール
ケルヴィンが使役する漆黒の騎士。リュカやリオンを孫のように可愛がる爺馬鹿。

シュトラ・トライセン
トライセンの姫だが、今はケルヴィン宅に居候中。
毎日楽しい。

アンジェ
元神の使徒メンバー。
今は晴れてケルヴィンの奴隷になり、満足。

アレックス
ケルヴィンが使役する黒き巨狼。リオンの相棒で、毎日ブラッシングしてもらっている。

シルヴィア
シスター・エレン捜索のため、奈落の地へと訪れている。
シュトラと和解できてうれしい。

エマ
大剣でぶった切る系女子にして、シルヴィアの冒険者仲間。
シュトラと和解できてひと安心。

神皇国デラミス

教皇が頂点に立ち、転生神を崇拝している。
西大陸の帝国と十字大橋で結ばれているが険悪。

コレット

デラミスの巫女。勇者召喚を行った。信仰上の病気を患っている。

神埼《かんざき》刀哉《とうや》

日本から召喚された勇者。二刀流のラッキースケベ。恋心にはとても鈍感。

志賀《しが》刹那《せつな》

日本から召喚された勇者。生真面目で、刀哉のトラブルの後処理係。

水丘《みずおか》奈々《なな》

日本から召喚された勇者。火竜のムンちゃんを使役する。ほんわか。

黒宮《くろみや》 雅《みやび》

日本から召喚された勇者。ロシアとのクォーターで不思議系帰国子女。

神の使徒

エレアリスを神として復活させ、世界に降臨させることを目的に暗躍を続ける組織。

序列第１柱『代行者』

実名はアイリス・デラミリウス。
神の使徒として役立つ人材を転生させる、エレアリスの代行者。

序列第２柱『選定者』

実名は不明。
代行者のみが所在を知り得るらしいが、実際のところは定かではない。

序列第３柱『創造者』

実名はジルドラ。
『永劫回帰』なる固有スキルを持っており、ジェラールとの因縁が深い相手。

序列第５柱『解析者』

ギルド長であったリオの正体であり、実名はリオルド。
固有スキル『神眼』を有している。

序列第９柱『生還者』

実名は不明。
獣王祭にてリオンと戦った剣士。
強力な不死性を体に宿している。

序列第４柱『守護者』

実名はセルジュ・フロア。
固有スキル『絶対福音』を持つ前勇者。
ケルヴィンらを奈落の地へと招待した。

序列第６柱『断罪者』

実名はベル・バアル。
固有スキル『色調侵犯』を持ち、
触れたものの性質の濃淡を操作できる。

CONTENTS

第一章　姉妹喧嘩は強烈に　5
第二章　シスター・エレン　97
第三章　おじさんの苦難　168
第四章　勇者対勇者　228

イラスト／ダイエクスト、黒銀（DIGS）

第一章 ▼姉妹喧嘩は強烈に

ケルヴィンとグスタフの戦いが終わった頃、魔王城では未《いま》だ魔王娘達《たち》の激戦が繰り広げられていた。紅と蒼《あお》の乱舞はぶつかり合っては場所を変え、各所を破壊しながら移動して回る。魔王城の屋根から始まった戦いは、天井を突き破って内部へと直進。かと思えば今度は壁を打ち壊し真横へ。屋内？　だから何？　とばかりにベルが竜巻を巻き起こせば、セラは自らの血を溶かした水で刈取鮮血尾《リーパーブラッドテイル》を生成し、薙《な》ぎ払う。かつて勇者が挑んだラストダンジョン、魔都の頂、魔王の根城――そう世に謳《うた》われた不落城は、今にも倒壊する寸前である。このままでは確実に今は亡き試練の塔の後を追ってしまうだろう。

――ズゥン！

今も空中にてベルが放った踵《かかと》落としがセラに炸裂《さくれつ》し、真下へと叩《たた》き落とされる。腕の防御でしっかりと受け止めている為《ため》、ダメージはそれほどでもない。精々、高所から高速で落下した程度のものだ。余波で魔王の王座がぶった斬られているが、城全体の損害に比べれば些《さ》細《さい》な事である。

「蒼風堅護壁《ディセクトブロック》」

セラを落とした直後にベルの脚甲から蒼き風が吹き出し、5層からなる壁が下向きに形成される。壁は先刻使用した蒼風反護壁《ディセクトカウンター》とはまた別物の障壁だ。あちらがゴムの如《ごと》く柔よく剛を制すを体現したものとすれば、この蒼風堅護壁《ディセクトブロック》は真逆を極め剛よく柔を断つ型だ。兎《と》に角《かく》堅く、頑丈に。そして、当然のようにベルの『色調侵犯』による力も籠《こ》められている。

「落ちろ」

そんな鉄壁を具現化した風が、ベルの号令と共に投下される。落下する壁の背後からは強烈な風が吹き出しており、普通に落下するよりも断然に速い。狙うは地面に激突したばかりのセラ。壁の面積は広い。このままでは5枚の蒼風堅護壁《ディセクトブロック》と地面で挟み込まれ、セラは圧殺させられてしまう。……言うまでもないが、セラが黙ってこれを受け入れる筈《はず》もないのだが。

「紅玉《ブラッドボール》——えっと、5個くらい?」

重なり合う壁の枚数は、セラの位置からでは数える事ができない。ましてや、蒼風堅護壁《ディセクトブロック》の性質をセラは知らない。セラは勘を頼りに血の玉をキッカリ枚数分宙に浮かばせ、迫り来る壁に睨《にら》みを利かせた。

「しっ!」

翼を広げたセラが紅玉《ブラッドボール》と一緒に飛ぶ。

「退《ど》きなさい！」

血操術によって操作された紅玉《ブラッドボール》が、セラよりも先に壁にぶつかる。壁に接触した瞬間、血の玉は投じられたトマトのようにその身を弾《はじ》かせ、べたりと蒼を紅に染めてしまった。同時に紅となった壁は制御権をセラへと移行され、セラを通すのに十分な大きさの穴を開ける。2枚目から5枚目の壁も同様だ。次々と投じられた紅玉《ブラッドボール》が、セラの道を作り出していく。

ベルの色調侵犯は魔法的なもの、物理的なものであろうと、自在に性質を強化または弱体化させる事ができる、強力な固有スキルだ。それは対象をパレット上の絵具と見立て、白や黒で色合いを調整する行為にも似ている。ベルはこの力と自身の格闘術、そして緑魔法による風を組み合わせて独自の戦法を編み出した。接近戦は勿論《もちろん》の事、遠距離であろうと問答無用で力を振るえるであろう隙のない戦い方と言える。劣勢だったとはいえ、あのメルフィーナと真っ向から戦える辺り、ステータス面も尋常ではないだろう。

しかし、ベルの力にも全く弱点がない訳ではない。例えば時間だ。ベルの色調侵犯にはセラの血染のような即効性はなく、触れた傍《そば》からじわじわと効いていくタイプなのだ。力を籠めた風ではなく、直接ベルが触れるのであれば、その時間はかなり短縮される。条件次第では、継続して発動さえしてしまえば、ガウンの闘技場で血染を解除して見せたように、血染の命令を無視する事もできる。だが、この時のように一瞬のやり取りの勝負となれば、軍配はセラに上がるだろう。

「退きなさいって」

「そっちが退いて」

抉《こ》じ開《あ》けられた壁の先にいたのは、セラに向かって高速接近するベルであった。脚甲から轟音《ごうおん》を吹かす風を放出させながらの舌戦、というよりも口喧嘩《くちげんか》。互いに直線上で向かい合い、このままでは激突は必至だ。それでも、この2人に道を譲るなんて選択肢がある筈はなく、自分を曲げる筈もない。

「「なら、これでも喰《く》らいなさいっ！」」

示し合わせたかの如く、セラとベルは攻撃に移る。上方のベルは勢いを乗せたライダーキックで、下方のセラは空中で回転を加えたバックハンドブローで。互いの色で覆った魔人闘諍《ジンスクリミッジ》同士が衝突し、今日何度目かの意地のぶつかり合いとなった。激しい風と衝撃を城に撒《ま》き散らしながら、空中にて2人はいがみ合う。

「くっ……！」

「邪魔！」

先に相手を押し込んだのはベルだった。上を取ったという位置的な優位にあり、拮抗《きっこう》して勝負がやや長引いたのもあるが、魔人蒼闘諍《スクリミッジディビリティト》に風を纏《まと》わせていたのが一番の勝因だろう。ケルヴィンがグスタフに対してそうしたように、得物を荒れ狂う風で覆ってしまえば、セラの血が付着する事はない。風を介する事で色調侵犯を脚甲から直接叩き込めなくはなるも、長引けばそれだけセラの弱体化が進むのだ。今度の軍配はベルに上がり、セラは再び最下層へと墜落してしまった。

「……いったー！　ちょっとだけすったじゃない！　もう治ったけど！」

セラは頭から落ちるも、怪我《けが》は自然治癒で直《す》ぐに治る程度のものだった。気分的に、既に血が止まっている元手傷をペロリと舐《な》める。すると、ベルが戦闘によって開いた天井の大穴から降りてきた。

「父上に比べて血の操り方が単純なのよ、セラ・バアル。もう少し頭を使ったら？」

「あ、やっぱり？　私ももっと戦い方のバリエーションを増やせると思っていたのよ！　今度、父上にアドバイスを貰《もら》おうかしら」

「それまで貴女《あなた》が生きていたのなら、そうしなさいな。――ん？」

ベルが何かに気が付いたのか、セラの背後をジッと凝視する。釣られて、セラもチラリと背後を一瞥《いちべつ》した。

先ほどまでは戦闘に集中していて気が付かなかったが、魔王城の最下層となるこの場所には半壊した屋敷が建っていた。地下にあるというのに、ケルヴィンの屋敷よりも大きく、広い。そして何よりもセラにとって、この場所は見覚えがあった。

「ここ、昔住んでいた私の屋敷？　いえ、でも、微妙に違うような？」

「ハァ、まさかここに来ちゃうなんてね。運が良いんだか、悪いんだか……」

溜《た》め息《いき》代わりなのか、ベルの脚甲から風が吹いた。

「ここは貴女が住んでいた屋敷『太陽の館』じゃないわ。私が住んでいた『月の館』の方よ。もう、半分消えてしまっているけれどね」

「……勇者が、ここに来たの？」

「ふん、私が素直に教えるとでも？」

「え？　屋敷の名前は教えてくれたじゃない。素直じゃないわね」

「……ッチ」

ばつが悪そうに、ベルは舌打ちをしながらふいっと視線を逸《そ》らした。

「ま、丁度良いわ。セラ・バアル、ここで決着を付けるとしましょう。絶対に無理でしょうけど、もし私を倒せたらさっきの質問に、いえ、私の知ってる事なら何だって答えてあげるわ」

「ふふん、分かりやすくて良いわね。乗ったわ！」

「代償となる条件も聞かずに、よく即決できるわね……」

「できるわよ。私には背負ってるものが沢山あるからね。そうなった私は強いわよ、たぶん！」

「……そ。なら、負けたら無様に死になさいよ」

◇　◇　◇

——魔王城最下層・月の館

過去にベルが住んでいたとされる月の館。青白い幻想的な照明に照らされたその大きな屋敷は、半壊していようと雅《みや》びやかな造りは損なわれておらず、今も月光を放っているかのように荘厳な雰囲気を醸し出している。対して、そのお屋敷の前で戦いに興じる2人の動きは、正反対に激しいものだった。

「ふっ！」

「しっ！」

セラの真っ赤な拳が唸《うな》りを上げながらベルを襲えば、ベルは嵐を纏った蒼き脚でそれを叩き落とす。ベルが脚甲に風のブレードを装着させ振りかざせば、セラが真剣白刃取りで見事に受け切り、ブレードをへし折る。そんなやり取りが次々と為《な》されていたのだ。

今でも一手一手の速度は恐ろしく速いのだが、セラもベルも相手よりも速く次の手を講じようとするので、ますますギアを上げ始めている。

達人同士の組手はゆっくりと、素人にはただただ遅く見えるもの。どこかでそんな話をした者がいた。だが、これは組手ではなく、ましてや彼女らは達人ではない。人の範疇《はんちゅう》を超越した人外同士が戦っているのだ。拳と脚が交われば衝撃波が生まれるし、風の刃が壁に大きな傷跡を残す。そこいらの冒険者や騎士兵士では2人に近づく事すらできず、衝撃波によって壁にその身を叩き付けられ、運が悪ければ風の刃が当たり両断されてしまう事だろう。

そんな有象無象では傍観者になる事も許されない戦場ではあるのだが、不思議と月の館は損傷していない。元々破壊されていた場所は別として、精々が衝撃波で屋敷の壁が揺れる程度だ。風の刃なんて全くと言っていいほど、そちらには飛ばないほどである。

「変な気遣いしなくていいのよ？　しなくても、私が捻《ね》じ曲げるから」

「ふふん、お姉ちゃんはまだまだ余裕だもの！　余裕がある分、思わず気遣いしちゃったかもね！」

「嘘《うそ》おっしゃい。余裕なんて欠片《かけら》もないでしょ。ほら、ほらっ」

「ほっ、はっ、とりゃ！　お茶の子……さいさいっ！」

災厄を撒き散らしながらの口喧嘩は、こんな調子で延々と続いている。手や足が止まらないのと同じように、口も止まらない様子だ。言葉は尖《とが》っているが、どことなくその口元は緩んでいるようにも見えなくはない。

「あら、その無駄に膨らんだ脂肪、邪魔なんじゃない？　攻撃、掠《かす》っちゃったわよ？」

「確かに躱《かわ》すのに特化するなら、ベルの胸みたいなのが理想かもしれないわ！　うん、そこだけは同意する！」

「……（ピキピキ）」

——緩んでいるようにも、見えなくはない。いや、気のせいか。笑顔のまま怒りを顔に貼り付けていると言える。

「……準備運動はそろそろいいかしらね？」

大振りの蹴りと防御の腕がぶつかり合った後、ベルは跳躍して大きく距離を取った。その様子を窺《うかが》っていたセラは、肩に手を伸ばしながら片腕をグルグルと回して、調子を確かめる。

「そうね、良い感じに体が温まったわ。やっぱり適度な運動が一番ね！」

「それじゃ、適度な運動はこれでおしまいね。——行くわよ？」

——グォン！

ベルが脚甲の爪先でカンと音を鳴らすと、地面に風の音が駆け抜ける。セラはその風に攻撃性を見出《みいだ》したのか、ステップを踏むように立ち位置を変えた。風はあみだくじを辿《たど》るように複数走り、地面に亀裂を残していく。

「これだけ……じゃ、ないわよね？」

「当然、よっ！」

高らかに上げられたベルの片脚。豪風音と共にやがてそれは真下に落とされ、勢いよく地面を強打する。風音が増し、揺さぶられる地面。セラはバランスこそ崩さないが、その揺れがただ事ではないと直感的に感じていた。

「――さあ、踊りましょうか」

ベルがそう口にすると、床から何かが飛び出した。黒ずんだ色をしているも、綺麗《きれい》に形を整えられた立方体。大きさにして一辺あたり3メートルはあるだろうか。見れば、地面には立方体と同じ大きさの穴が開いている。

(さっきの風で地面の中身を切り分けていたのね。ってこの場面、どこかで見た事があるような……?)

記憶を辿るセラが思い至ったのは、ガウンの獣王祭。正に今、眼前にいるベルとの試合の光景だった。

「懐かしいでしょ? でも、ここの地面はあんな脆《もろ》い舞台とは違うから、覚悟した方がいいわよ」

唐突にガウン総合闘技場が誇る舞台職人、シーザー氏への熱い批判が飛び出した。だが、実際に月の館のあるこの最下層はかなり頑強な造りとなっていて、セラやベルがこれだけ暴れても崩壊していない。舗装された床部分に使われた石材は特別製、それも分厚い。全ては親馬鹿魔王グスタフが娘可愛《かわい》さで、徹底的に安心安全な空間を追求した結果である。だからシーザー氏は悪くない、悪くないのだ。

ベルの脚甲の爪先から、ガコンと杭《くい》のような大型の針が出現した。ベルの紫の脚甲が内部に搭載していたのか、パイルバンカーのような形状をしている。ベルは恐ろしく素早い動作で杭を浮いた立方体のキューブに刺し込み、セラへ視線を向けて微笑《ほほえ》んだ。

「……やば」

セラの予想通り、ベルはキューブを蹴り飛ばしてきた。記憶にある試合、その時の攻撃の焼き直しともなる光景。しかし、脅威は別物だ。

まず、迫り来るキューブの量だ。ベルの意思に従って地面から際限なく現れるキューブは、姿を見せた瞬間にベルに杭を刺されて蹴り飛ばされる。蹴っては刺し、蹴っては刺し、蹴っては刺し――軽快なダンスを踊るように、ベルはそれを繰り返すのだ。となれば、的となるセラにはスコールの如《ごと》くキューブが降り注ぐ。

「っと……！」

セラは投じられる攻撃を、弾《はじ》くよりも回避するのに集中した。前回同様、舞台程度の素材であれば、全て拳で弾いても問題はない。しかし、セラの勘はそれを拒否していた。アレに直接触れるのは不味《まず》い、と。

そして、実際にセラの勘は正しい。グスタフが用意した館の床はシーザー氏の舞台の強度を軽々と超え、その上ベルの色調侵犯で強化が施されている。脚甲による直接の行使の為《ため》、その強化も一気に限界近くまで引き上げられていた。血で塗らしたところで攻撃の勢いは止まらない。一撃での破壊は困難、ならば避けるか弾くかの2択。一度二度ならいいが、何度も弾くとなれば、着実に拳へのダメージは蓄積していただろう。セラの選択は最善だった。スコールと言えど、セラであれば持ち前のセンスである程度は回避可能なのだ。それでも、回数を重ねれば拳で迎え撃つ必要が出てくるのだが……

「……まだまだ、踊り足りないでしょ？」

「——っ!?」

物陰から、蒼《あお》いレーザーのようなものがキューブごとセラを貫いた。当たったのはセラが纏《まと》う魔人紅闘諍《ブラッドスクリミッジ》の肩部分であったが、一発で大きくひびが入るまでに損傷してしまう。

（大量のキューブは目眩《めくら》まし！　狙いはこっちかしらね！）

先ほどのキューブの投擲《とうてき》に加え蒼い槍《やり》状の風、粛清蒼通貫《ディビリティトハッシュ》が死角からセラに迫り来る。

直撃したのは初撃の粛清蒼通貫《ディビリティトハッシュ》のみだが、流石《さすが》のセラもこの状況では無傷とはいかず、徐々に徐々にと手傷を負い始めていた。

（……ジリ貧ね。そろそろ——）

攻撃を躱しながら、セラは呼吸を整える。動的だったセラの空気が、途端に静かになったようにも感じられた。

「——そろそろ、使おうかしらね。ゴルディアをっ！」

セラの纏う赤の鎧《よろい》が、更に紅《あか》きオーラを放ち始めた。

◇　◇　◇

ゴルディアとは肉弾戦において世界最強と名高いS級冒険者、ゴルディアーナ・プリティアーナが生み出した格闘術である。格闘術と言っても技術云々《うんぬん》に特化したものではなく、これは自身の生命エネルギーたる『気』を具現化させて武器とする、というものだ。言葉にするのは簡単だが、これを実際に実現するには、長年における過酷かつ特別な修行が絶対不可欠となる。

……あるいはスキルの補助もなく、概念でしかない気などという不確定なものを具現化しようとするのは、無謀以外の何物でもないのかもしれない。しかし、開祖のプリティアはそれを成した。諦めを知らぬ不屈の精神で肉体を極限まで鍛え抜き、心身ともに頂へと登る。それらを踏まえて慈愛の心を持って自然と接し、己の中に宿る本質を看破した時、プリティアは初めてこの力に目覚めたのだ。ゴルディアへの第一歩である。

以後、彼女の功績は世界的に目覚ましくなり、何人もの猛者が弟子にと道場の門を叩《たた》くようになった。誰もが何らかの道にて名を知られる者達《たち》だったが、プリティアの奇抜過ぎる容姿に惑わされ、何人かはその場で放心しながら帰る事になる。生き残りはまだ数名ほどいたが、結局のところゴルディアは修められず、皆道半ばで挫折して去って行った。プリティアより免許皆伝を授かるのは、それほどまでに厳しく、辛《つら》い道なのだ。ちなみに、これまでに免許皆伝を賜ったのは、ブルジョワーナとセラの2名のみである。気のオーラを桃色に染めたゴルディアーナの慈愛溢れる天の雌牛《ローズィシュタル》、紫色に発現したのはグロスティーナの舞台に舞う貴人妖精《バイオレットフェアリー》。そして、新たな継承者であるセラは基本色の赤を紅に変異させ、プリティアより力の名を命名してもらっていた。

——その名も、無邪気たる血戦妃《クリムゾンアストレイア》。

セラはこのオーラを生み出した際、是非にもと親友のプリティアに名付けをお願いした。理由は特になく、強いて言えばそうしたかったから、だそうだ。ついでに発動時の決め台詞《ぜりふ》も教えてもらったが、今は余裕がない為それは省略している。

「スゥ……」

発現したての頃は本当に微量なオーラしか纏えておらず、どのような能力を秘めているのか把握していなかった。だが、今は違う。セラが呼吸をする度に、彼女の周りには紅の気が展開されていく。萎《しぼ》んだ風船に空気を入れていくように、オーラは厚く、そして見るからに強靭《きょうじん》なものへと膨らみ続ける。

補足すれば、この間もベルの投擲と貫通する風の連射は休まず続けられている。セラはゴルディアの準備をしながらも、必要最小限の動きでそれらを躱し続けていた。気を体に巡らせたセラは今まで以上に周囲の変化に敏感だ。状況の呑《の》み込みは段違いとなり、そこに彼女の直感力が加われば、少し未来を覗《のぞ》き込むような感覚にまで昇華される。ゴルディアーナの固有スキル『第六感』とまではいかなくとも、それに近いレベルで力を発揮できるといえるだろう。

（さっきよりも動作は小さいのに、被弾が少なくなってる……？）

感覚の鋭いベルは、セラの様子が変化している事に逸早《いちはや》く気付いていた。更には瞬時に、このまま放置してはならないと感じ取る。こちらもセラの妹なだけに、異様な直感力である。

「……潰す」

次の投擲となる蹴りを終えた直後、ベルはセラの方へと突貫した。脚甲から猛烈に放出される嵐の息吹は、先に蹴り放ったキューブを追い越すほどのスピードをベルに与え、言葉通りベルは風と化す。それも気まぐれな風、否、気まぐれな颶風《ぐふう》だ。ベルの操作する脚甲の風は不規則な軌道を描き出し、投じられたキューブの遮蔽物もある為、如何《いか》に神懸かり的な勘を発揮しているセラといえど、簡単に捉える事はできない。

だからこそセラは呼吸を止め、周囲の警戒に努める。展開の途中にある無邪気たる血戦妃《クリムゾンアストレイア》はまだ不完全。だが、察知に集中しなければベルに虚を突かれるのは必至。セラはその鋭いツリ目を薄く開き、眼前に迫りつつあるスローモーションのキューブ群から気配を探った。

――キュイン。

(いた!)

豪風吹き荒れるこの場所にて、セラは1つだけ異なる音を奏でている風を聞き分ける。甲高く、他よりも鋭く流れる風音。瞬間瞬間で移動しているのか、ジグザグとアクロバティックに過ぎる空の経路を辿っている。されど、一度気配を見つけ出したセラはもう逃さない。どのような動きでも、どこに隠れようとも確実に後を視線で追っていた。

「蒼色喰斬《ディビリティトスラッシュ》」

自身が捕捉されている事に観念したのか、ベルはとあるキューブの背後から2度蒼き斬撃を脚で放ち、×の字型に形成させてセラへと発射させた。4つに分かれた立方体のキューブが更にベルの生成した爆風に圧され、斬撃と共にセラへと襲い掛かる。

(メインは次の攻撃……!)

紅の鎧に紅の闘気を纏わせるセラが構える。セラは予感していたのだ。あのベルが目隠しや相手の注目を奪うような技を繰り出しておいて、それで終わらせる筈《はず》がない、と。恐らく本命は、この後に来るであろう攻撃だ。

「でも、待ってばかりは私らしくないわよねっ!」

「――っ!」

翼を広げたセラが、正面から足を踏み出し特攻を仕掛ける。ベルは既に斜め前へと移動しているが、このまま直進すれば斬撃と瓦礫《がれき》の混合攻撃にぶつかってしまう。

「道は、自分でひらく！」

魔人紅闘諍《ブラッドスクリミッジ》の巨大な両腕で、セラは円を描くような動作で押し寄せる脅威を払っていく。腕は異形であるが、その洗練された武は美しい。キューブの破片は道を譲るように、×の字型の斬撃は中心から四散して逸《そ》れていってしまった。後に残るは──

「風切りの蒼剣《グラディウスアイレ》」

片脚に蒼く蒼く、そして甲高く唸《うな》りを上げる剣を携えたベル。どれだけの魔力と風をそこに集結させたのか、剣の周りが歪《ゆが》み始めていた。剣の振り上げは既に終えており、今にも叩き込んできそうだ。というか、叩き込んできた。

「ぐうっ！」

ベルの剣は迎撃するセラの拳を闘気ごと貫く。嵐を纏う脚と同様、剣はセラの血を弾いている。

「何よ、見掛け倒し？」

「……どう、かしらね？」

余裕を装うベルであるが、本心では見掛け倒しだとは微塵《みじん》も考えていない。自身の危険察知がガンガンと警報を鳴らしているし、何よりも自分の本能がそう告げている。魔王の血筋の勘の鋭さには感服するべきだろう。今回も正解を引き当てたのだから。

剣が拳を貫いた次の瞬間、セラはその拳を思いっきり握った。剣で拳が傷付けられる事なんて気にせず、ただただ思いっきり、握り潰したのだ。

「ぎっ……！」

みしみしと風切りの蒼剣《グラディウスアイレ》を纏ったベルの片脚が軋《きし》み、肉と骨が悲鳴を上げる。それはセラも同じであるが、口角を上げたまま放そうとしない。伴う痛手は相当な筈だが、その表情はケルヴィンの真似《まね》だろうか。

「馬鹿、ね。あれだけ私の風を受けておいて、ただで済む、と……？」

「それは、お互《じか》いさま、でしょ？」

色調侵犯で直に強度を薄められた、セラの右腕の鎧が破壊される。黒金の魔人《アロンダイト》の損傷具合も酷《ひど》く、これ以上は使い物にならない状態だ。だが同時に、血を浴びた右足の蒼き脚甲が「消え去れ」とセラに命令され、ベルの剣が消失してしまう。装備品としての紫の脚甲もどこかへと飛んでしまった。互いに残されたのは、最早《もはや》左腕と左足のみだ。

「か、は……」

先制。ベルの左足に仕込まれていたパイルバンカーが、セラのわき腹へと深く突き刺さる。あの巨大なキューブを突き刺していた杭だ。刺すというよりは抉《えぐ》るに近い。

（……取れない？）

脚から杭を抜き取り、そのまま追撃を加えようとするベル。だが、杭は脚から離れなかった。紫の脚甲はあのジルドラが作ったものだ。人間性は全く信用していないが、彼が手掛ける武器には一定の信用をベルは置いていた。それがここで故障した？　いや、あり得ない。

「捕まえた」

そう。どちらかと言えば、セラの術中に嵌《はま》ったといった方が納得できる。パイルバンカーは風で覆われていたのだが、なぜかベルは納得できてしまった。恐らくは、この勘も当たっているのだろう。

「……ッチ」

セラの巨大な左手が、ベルの小さな体を包み込み――全力で握り締めた。

◇　◇　◇

投擲されたキューブが地下の壁と衝突して、粉塵《ふんじん》が盛大に舞い上がる。壁によって密閉されてはいるが、最下層はベルの屋敷が丸ごと入るほどに広大な空間だ。視界は直《す》ぐに晴れ上がる事だろう。

「いっつ～……！　もう、私の体にこんな物騒なものを刺してくれちゃって。痕が残ったらどうするのよ」

セラはわき腹に突き刺されたパイルバンカーの杭《くい》を力任せに抜き取り、ポイッとその辺に放り投げながら愚痴をこぼす。普通、そんな物騒な杭を無理に抜いてしまえば、血が大量に噴き出してしまうものだが、セラには血操術がある。杭を抜いた瞬間に負傷箇所を血で固めてしまえば心配はない。

「ま、ケルヴィンかメルに頼めば、綺麗《きれい》に治してくれるかしらね。って、あう……表面上は誤魔化せても、流石《さすが》に中は痛いかも……内臓と骨が完全に逝ってるわ、これ。うーん、黙っていれば完治まで1時間くらい？」

安静にしていれば、それで治るような口振りである。恐るべし、S級『自然治癒』スキル。尤《もっと》も、余裕そうに見えるセラであるが、わき腹以外も万全とは言えない。右拳はズタズタに切り裂かれているし、粛清蒼通貫《ディビリティトハッシュ》によるダメージも、複数回に亘《わた》って節々に負っている。やせ我慢もやせ我慢である。

先の戦闘時、セラはベルの風切りの蒼剣《グラディウスアイレ》と蹴りから放たれたパイルバンカーをもろに受けてしまった。風で武器全体を覆った攻撃が相手では、セラは血を付着させられず、能力を発動する事ができない。ここまでは戦闘馬鹿ケルヴィンと親馬鹿グスタフの戦いの再現でもある。

この逆境を打破したのは親友ゴルディアーナより伝授された武術、ゴルディア。そのオリジナルでもあるセラの無邪気たる血戦妃《クリムゾンアストレイア》は、闘気を纏《まと》う事でステータスを底上げし、微弱ながらも血染と同じ効果を秘めていた。注目すべきはその適応範囲だ。紅のオーラは風や結界に遮られず、何物も透過して効力を発揮する。風切りの蒼剣《グラディウスアイレ》が途中で消えてしまったのも、パイルバンカーが制御不能となったのもこの為《ため》だ。

対象を染めるまで時間が掛かり、血染のような即効性はないが、ベルやケルヴィンのように接触を避けようとする相手には、抜群の効力を発揮する力と言えるだろう。使い方次第では、ゴルディアーナの慈愛溢れる天の雌牛《ローズイシュタル》に対しても有効な手段だ。嵌ってしまえば抗《あらが》う事は許されず、女帝の前に平伏《ひれふ》すのみである。

「うーん、念話で呼んじゃう？　でも大見得を切った手前、呼び辛《づら》いような気も——」

セラがどうしようか迷っているうちに、向かいの粉塵はもう消え去っていた。

地面には傷だらけとなったベルが倒れている。魔人紅闘諍《ブラッドスクリミッジ》の拳によって全身を握り潰され、怪我《けが》の度合いで示せばセラよりも数段酷い。正に満身創痍《まんしんそうい》、最早自身で立つ事も叶《かな》わないだろう。特に2度の締め付けを受けた右足は使い物にならず、残った左足も蒼《あお》き鎧《よろい》が解除され、半壊した脚甲を辛うじて装備しているといった状態だ。戦いを続けられる容態ではない。

「……ふ、ふふっ」

「あら、意識はあるのね。大丈夫？」

「大丈夫に見えたら、貴女《あなた》の眼《め》は腐っているわ、ね。セラ・バアル……」

「うん、軽口を叩《たた》けるのなら大丈夫そうね！」

「……」

悪気のない笑顔に毒を抜かれてしまったのか、はたまた呆《あき》れてしまったのか。ベルは天井を見ながら黙ってしまった。彼女らの姉妹喧嘩《げんか》によって底の抜けてしまった天井の穴から、微《かす》かに紅の月が顔を出している。ベルの赤い瞳に映る月は、妖しくも美しい。

「やっぱり、グレル、バレルカは……良い国よ、ね？」

「何よ、突然？」

「いえ……こっちの、話よ」

そう言い終えると、何とベルはあらぬ方向を向いている腕で地面を押さえ、無理を押して立ち上がろうとしていた。自分はまだ戦える。まるでそう意思を示しているかのように。

「そう、私はまだ、大丈夫……うん、戦える。この程度、で、私の剣は……」

「ちょっと、無理に動かない方がいいわよ。貴女、回復手段がないんでしょ？　見たところ、自然治癒も追いついてないみたいだし」

セラの指摘の通り、ベルの怪我は治る様子を見せない。それでもベルは忠告を無視して、上半身を起き上がらせた。

「ハァッ、ハァ……」

「ねえ、聞いてる？」

「私は、断罪者……罪を、断つ者。そう、ね。早く、私たちの罪を、清算しなくちゃ……私の、大好きな、故郷を……」

ベルの息は荒く、自分に言い聞かせるように血を吐きながら、譫言《うわごと》を呟《つぶや》き続けている。セラの言葉を聞く素振りもない。しかし、瞳には何か決意じみた確固たる光が灯《とも》っていた。

「……いい？　よく見て、おきなさいよ？」

ベルの言葉が天井へ吸い込まれていく。セラではない誰かへと向けて、発しているかのようだ。そしてこの瞬間、セラの警戒は最大値へと達した。

（——黒い本？）

突如として、表紙を黒で塗り潰された1冊の本が、ベルの目の前に現れたのだ。どこから出てきたのか、それが何なのかは不明。ただ、凄《すさ》まじく嫌な感じがする。セラの直感はそう訴えていた。それほどまでに胸騒ぎがして、悍《おぞ》ましい気配が漂う。

「ベル、早く離れ——」

「——ああ、それと」

セラの叫びを遮るのは、飾らぬ、ベルの本心からの言葉。

「姉妹喧嘩、まあ、うん……楽しかったわ。合格点かな。セラ姉様、貴女なら大丈夫でしょ？」

ベルの拙い笑顔は、黒の書から放出されたどす黒い泥に包み込まれてしまう。伸ばした

セラの手は間に合わず、眼前には黒の球体へと変化した泥が残った。

「これは……？」

『セラ、無事か⁉』

戸惑うセラに、ケルヴィンからの念話が届く。

『ケルヴィン？　どうしたのよ？』

『メルが魔王の気配を感じ取ったんだ！　言っておくが、義父《グスタフ》さんじゃないぞ！』

『ま、魔王って、あの魔王？』

『その魔王！　出現する周期的に、次に現れるのは何十、何百年も先の筈《はず》だったんだが……ああ、細かい事はいい！　で、気配の出所は正にお前がいる場所だ！　ベルの他に誰かいるのか⁉』

『えぇっと……』

球体にピシリと亀裂が走る。形状が形状だけに、卵が孵化《ふか》しようとしているような様子だ。

『ベルが、魔王になっちゃった、かも？』

『……神の使徒が魔王ってありなのか。ちょっと待ってろ。直ぐに俺も向か――あ、ちょっとお義父《とう》さん、腕を放してください！　娘がどうしたのかって？　説明している暇は、というか念話のスピードに付いて来るどころか割り込むってどういう……イタタタッ！』

――苦しげな声と共に、念話が打ち切られてしまった。

「どちらにせよ、ケルヴィンが駆け付ける時間はなさそうね」

球体の全面にヒビが入っている。セラの予感が正しければ、もう卵（？）は殻を破られる寸前だ。右拳はまだ使えない。お腹《なか》は痛いし、肩も悲鳴を上げている。万全には程遠い。しかしそんなセラの状態とは関係なく、新たな魔王は誕生しようとしている。

「ベル……」

セラは悲痛な面持ちで球体に向かい合った。

◇　◇　◇

突き破られる黒き卵。泥の塊を砕いて中から出てきたのは、ベルの脚甲だった。半壊状態で今にも壊れてしまいそうな感は拭えず、先ほどと何ら変わらないようにも見える。ただし、美しい紫であったその色は泥と同じ黒で染まり、周りに流れる蒼き風は邪悪な気配を漂わせていた。

「く……あ……」

卵が完全に崩れ落ちると、呻《うめ》き声を漏らすベルが完全に姿を現す。

「ベル、貴女――」

「ぎ、う……」

セラは思わず声を止めてしまった。一筋の汗が、セラの頬を伝う。

ベルが邪悪な存在に変質してしまったのは、間違いなく魔王となったからだろう。悪意に満ちた空気、この世の全てを憎まんとする紅の瞳は、怒りに満ちて強く発光している。姿形で言えば、変貌してしまったベルの姿は脚甲が変色した以外は、大きく変わったところは見られない。そう、見られないのだ。

「——怪我、治ってないじゃない」

ボロボロの傷だらけの体で、立ち上がっているのが不自然なほどに負傷した右足を引きずる。無事な箇所などないに等しい。彼女の体は瞳に宿る力強さとは真逆。まるで操り糸で強制的に起き上がらせたかのように、ベルは酷《ひど》く弱々しかった。

「セ……う……」

意味を持たない言葉を発するベルと、会話が成立するとは思えない。それでも、セラは聞かずにはいられなかった。

「まさか、こうなる事を知っていたの？　だから、最初にあの黒い本を使わなかったの？」

「……が」

魔王となった者はその力を十全に使って、世界を崩壊に導く。先代の魔王グスタフと魔王ゼルは、絶対的な武力と国力を持って世界を圧しようと目論《もくろ》んだ。そしてその彼ら自身の強さも折り紙付きで、ケルヴィン達《たち》を大いに満足、もとい苦戦させるほどだった。神の使徒であるベルが魔王と化せば、それ以上に恐ろしい存在になる事も十分にあり得る。だが、ベルは満身創痍となり敗北が確定してから、漸《ようや》く魔王化を行った。

――自分を止めさせる為に、わざと手負いで魔王化した。

セラの頭にそんな考えが過《よぎ》る。ならば、なぜわざわざ魔王になんてなったのか？　妹とはいえ、先ほどまで全力で殺し合った相手の事だ。今だ疑問は尽きない。が、セラにはどうしてもそうとしか考えられなかった。

魔王となったのならば、『天魔波旬』の固有スキルを持つ筈。だとすれば、かつて魔王ゼルがそうであったように、全ステータスが１０００以上強化されている事だろう。いかにセラがゴルディアを使用したとしても、単独で勝利できる見込みは著しく落ち、そうなったベルに勝てる保証はなくなる。

「けふっ……！　は……て……」

「……」

また、ベルの口から血が流れた。内臓がやられているのか。そんなベルをセラは黙って見詰める。

勝ちたいのか、負けたいのか、分からない。理解できない。果たしてベルはエレアリスの使徒になってまで、何がしたかったのか？　そんな考えばかりが心の中で渦巻く。しかし、のんびりと考えている暇はなかった。

「……じ」

手負いの魔王、ベル・バアルが臨戦態勢に入ったのだ。視界に入ったセラを敵と捉えたのだろう。姿勢を限界まで低くし、まるで獲物を狙う獅子《しし》のような目でセラを睨《にら》む。片方だけとなった左の脚甲から、忌まわしき暗黒の風が集まり出す。

「……うん、分からない。やっぱり分からないわ。だから、私は私が正しいと思う事をやる」

傷ついた右手を隠すように、魔人紅闘諍《ブラッドスクリミッジ》と黒金《アロンダイト》の魔人が健在である左腕を前にする形で、横向きに構えるセラ。握った拳をゆっくりと開き、人1人を簡単に包み込んでしまう巨大な掌《てのひら》を、ベルへと向けた。

「——来なさいっ！」

「が、あっ……！」

脚甲の底で爆発した黒き風が、轟音《ごうおん》を鳴り響かせる。それは月の館の一角に亀裂を走らせ、ベルを目にも止まらぬスピードにまで押し上げた。

（速いっ！）

脚甲より吹き荒れる風は、最早《もはや》漆黒の竜巻と化している。間違いなくこれまでで最も速い。ただ、その代償として骨は軋《きし》み、傷口からは絶えず血が滲《にじ》み出ている。自身の体なんてお構いなしに、負荷を掛ける事を全く厭《いと》わない。怒りの感情しか読み取れないベルの顔は、そう語っているかのようだった。

(私もベルも、この衝突でたぶん限界。ベルが壊れてしまう前に、これで終わらせないといけないわ!)

ゴルディアによって発生させた紅の闘気を、セラは左腕に集中させる。すると、真正面から迫っていたベルの動きに変化があった。

「シ……イィ……!」

敏捷《びんしょう》の動力源としていた竜巻を、横払いの蹴りと共にセラへと放ったのだ。竜巻は鉄壁を誇る最下層の壁を破壊しながら突き進み、瓦礫《がれき》と化したそれらを巻き込んで、共々を薙《な》ぎ払う。もちろん、そんな事をされたらこの最下層自体も無事では済まず、最早崩壊は免れないだろう。

「関係ない!」

開いた拳で、竜巻を先端から押し潰す。冗談のような戦術で、いや、戦術とも呼べないだろう。呆れるほどの、ただの力技。セラは自身の腕をくれてやるつもりで、ベルへと真っ向から向かって行ったのだ。黒を帯びたこの風にもベルの色調侵犯は付与されているらしく、ゴルディアの闘気は徐々に薄まりつつある。それでも、セラは進む事を止《や》めなかった。竜巻の中を流動する瓦礫を押しのけ、風を食い破り続ける。

――やがて、セラはベルの竜巻を食い尽くして、眼前まで迫っていた。

「グ……ア……」

ベルの脚甲の先端より、黒き風の剣が飛び出る。迸《ほとばし》る鮮血。風切りの蒼剣《グラディウスアイレ》が無邪気たる血戦妃《クリムゾンアストレイア》、魔人紅闘諍《ブラッドスクリミッジ》、黒金の魔人《アロンダイト》の全てを乗り越え、再びセラの拳を貫いたのだ。

この瞬間に紅の闘気は完全に消失、覆っていた紅の腕鎧《わんがい》も破壊された。剣に血染を使おうにも、セラの血は脚甲を覆う風に弾《はじ》かれてしまい、能力を発動する事ができない。ベル自身を攻撃しようにも、拳を握る事もままならない右腕ではそれも難しい。

「関係、ないっ！」

あろう事か、セラは貫かれた左手を更に押し込み、前へと進み出した。幸いにも手負いであるベルはそれ以上の攻撃を仕掛ける事はなかったが、ずぶずぶと広がる傷口はそれだけで目を背けたくなる。唯一残っている黒金の魔人《アロンダイト》も限界が近く、貫通した箇所からの裂け目が拡散しつつあった。自滅にも見える荊《いばら》の道を、セラは歩み続ける。

だが、セラは辿《たど》り着いた。風の剣、風切りの蒼剣《グラディウスアイレ》の根元。脚甲の持ち主である、ベルのところまで。

「ベルが使徒だろうと、魔王だろうと関係ない。ベルは私の妹。それだけ分かれば、私は――」

血塗《ちまみ》れの右手をベルの頭の上に置き、優しく撫《な》でる。

「――今はただ、『眠りなさい』」

その瞬間にベルの意識は途切れ、風の剣が消失する。倒れそうになったベルをセラは抱きかかえるも、そのまま座り込んでしまった。思ったように体に力が入らない。血を流し過ぎてしまったのか、セラとベルの周りには大量の血溜《だ》まりができていた。

(……私も少し、眠いわね)

最下層の崩壊を虚《うつ》ろな目でぼんやりと見ながら、セラはベルを抱き締めた。

◇　◇　◇

私、ベル・バアルは尊敬するパパ、グスタフ・バアルと敬愛するママ、エリザ・バアルの間に生まれた。パパは奈落《アビスランド》の地において最も勢力の強い悪魔の長らしく、その娘である私は何不自由のない生活を送っていた。尤《もっと》も、生まれてこの方自分の屋敷周辺からは出た事がないから、それが一般的に言う不自由なのかと問われると、少し困ってしまう。まあ、私は屋敷での生活に満足していたし、パパとママから十分過ぎるほどの愛を貰《もら》っていた。うん。やっぱり不自由なんて思っていないし、パパとママを愛していたんだ。

私が成長して遊び盛りになると、パパは教育係にとセバスデルという執事を私に付けてくれた。でも、勉強や運動をするにしても全て壁越し、或《ある》いは顔なじみのメイドを伝言役にしての教育は、流石《さすが》に変だと思うの。

「パパ、これじゃとても非効率よ。有能な教育係なら直接学びたいわ」

「何と！　ううむ、ベルの優しさにパパ、感動する事山の如《ごと》し……！　だが、だがな可愛《かわい》いベルよ。可愛過ぎるお前を男と会わすのはとても危険な事なのだ。男は狼《おおかみ》、そう、どんな優男でも男は皆狼なのだ！　これ、次のテストに出すから頭に刻み込んでおくように。というか生涯忘れないように」

「分かったわ。パパは狼だったのね」

「パパは例外である事山の如し」

　パパはたまによく分からない事を話す。そのフレーズ、ちょっと気に入ったのかしら？

それから何年かして、教育係の執事が漸く姿を見せた。……なぜか距離が遠かったけど。

「娘に手を出したら、分かっておるな？　八つ裂き拷問なぞ生温《なまぬる》い事では済まされんぞ、おおん？」

「や、八つ裂きに拷問ですか!?　ほ、ほほう、いえ、何でも――」

　セバスデルと鼻先が触れ合うような距離で、パパが彼に何か言っていたけど、この時の私にはよく聞こえなかった。風をもっと上手《うま》く操作できれば、もしかしたら聞く事ができたかもしれない。

その後、セバスの変態性について知るのに、そう時間は掛からなかった。それでもセバスは執事として優秀であったし、学ぶべき点もたくさんあった。中でもお気に入りだったのは多彩な蹴り技と、万能な風の魔法。身長の低い私にとって、拳を使った武術はリーチに欠ける。それを補うようにして出会ったのがこの戦い方。セバスから指導を受け、徹底的に基礎を固めた。悪魔は力を持つ者が全てと学んでいたし、私もいつかパパやママの役に立ちたかったから。

「ぐ、もう少し強く、本気で蹴って来なさい！」

げしげしと防御を固めるセバスを蹴る。言っておくけど、これ組手だから。セバスは私の攻撃をガードできる癖に、いっつもわざと当たりにくるんだ。その度に遠巻きに見ていたメイド達が、私達が何か変な事をしているのではないかと勘違いして、本当に最悪だった。技の練習にも全然ならないし、この時ばかりはセバスを本気で恨んだものだった。

「ほら、もっと！　更に強く！」

「この——ゴミクズっ！」

「その言葉が私の糧となる！」

セバスは真正の変態だ。少し強く蹴ってあげれば何でも教えてくれるし、私は変態なセバスを嫌うというよりは、便利に思っていたのかもしれない。好きか嫌いかと問われれば、気持ち悪いになるけどね。現に、セバスはパパによくぶっ飛ばされていた。

これで実力的にはパパに次ぐのだから、この組織は大丈夫なのかと眩暈《めまい》を覚えてしまう。やはり私がちゃんとしなければならないようね。早く大きくなって、パパと並んで戦場を駆け巡りたい。そんな願望が強かったからこそ、朝の牛乳は欠かさずに飲んでいた。今はまだ効き目はいまいちだけど、いつかきっと。

異変があったのは、それから更に数年してからの事だった。背？　伸びなかったわよ死ね。私の体に劇的な成長が表れたんじゃなくて、パパの進撃の邪魔をする奴《やつ》らが現れたんだ。セバスの話によると、地上からやって来た勇者とかいう5人組らしい。1人1人が軍の幹部に匹敵するほどの実力者で、特にリーダーと推測される白い少女剣士、そいつは次元が違い過ぎるとまで言っていた。

「グスタフ様より討伐の任を授かりました。暫《しばら》くここを留守に致します」

「さっさと倒して来なさい。そんなどこの馬の骨とも知れない奴、セバスの敵じゃないでしょ？」

「お褒めに与り光栄の極み。ただ、もう少々罵声を交えて頂ければ任務への張り合いが出るのですが」

「死ね」

「ありがとうございます」

外面だけは良いいつもの笑顔で、セバスは勇者の討伐に出発した。

そして、戻ってくる事はなかった。遺品として戻って来たのは、血に塗れた執事服だけ。本当に死ぬなんて、どこまでマゾを拗《こじ》らせているんだか。……ッチ。

分かっている。パパは魔王で、勇者はパパを倒すであろう存在。私の前では変わらぬままのパパだけど、外では暴君と呼ばれているのは耳に入っていた。己の欲求に素直な悪魔の立場であれば、魔王は崇高なる指導者だ。だけど、魔王は世界を滅ぼす。だからこそ、その前に勇者は魔王を討ち滅ぼす。過去の文献を探れば、魔王が勇者に勝てた例《ためし》はない。パパも、恐らくは――

勇者の侵攻は恐ろしく速かった。要所のみを迅速に攻略し、軍を率いる将を優先して倒す。そうする事で魔王軍の統率は著しく麻痺《まひ》してしまい、最後には少数精鋭である勇者達《たち》の行方を見失う。これを短いスパンで繰り返しているうちに、勇者はもう魔王城にまで行き着いていた。

「セルジュ、隠し部屋だよ。いや、ええっと、隠れ屋敷かな？」

「気を付けましょう。どんな罠《わな》があるか分かりません」

「わ、ひっろい場所だね。それに綺麗《きれい》」

「セルジュ、迂闊《うかつ》に顔を出さないでください」

……本当に速い。ここ、パパが最も安全だと豪語していた場所なんだけど。勇者はどれだけの力と幸運に恵まれているんだか。

「あれ、女の子？」

今の私は『偽装の髪留め』の力で角や翼が消え、人間の少女にしか見えない状態。変に動かなければ勇者も攻撃はしてこない、ってパパが言ってたっけ。

「魔王に捕らえられたのかな？　セルジュ、保護しようか？」

「うーん、でもこれから魔王戦だよ？　危なくない？」

「……だが、ここに放置は、危険だ」

「ならばこの紳士がお守りしようではないか！　何、心配は不要。銀弓の名に懸けてグフォアッ!?」

「ソ、ソロンディール!?」

いけない。いつもの要領でエルフの顔面に蹴りを入れてしまった。いえ、これは仕方ないわ。だってこのエルフ、どこか邪《よこしま》な気を感じるもの。セバスとはまた別の、その、性的な。ついでに体を捻《ひね》ってもう一蹴り。

「ドゥッファ……！　ぐ……こ、この娘、只者《ただもの》ではないぞ……！」

「ソロンディールがロリコンなのが悪いです。変態は離れてください」

「黙れむっつり！　美少女を口説いて何が悪い！」

「度が過ぎるのも普通に犯罪だからね？　僕、後で告発してあげようか？」

「可愛い顔して鬼か貴様、フィリップ……」

やはり私の直感は正しかった。もう一蹴り追加しておけば良かった。

「私の仲間が驚かせてごめんねー。貴女《あなた》はお姉さんが責任持って救出するからね」

白の少女が私の頭を撫で始めた。……ええと、年齢的には私の方が上の筈《はず》なんだけど、何で撫でるのよ？　でも、それがいけなかった。勇者の手がたまたま私の髪留めに当たり、たまたま緩んでいた髪留めが外れてしまったのだ。

「あれ？　えっと……貴女、もしかして悪魔？」

「ッチ！」

何て間抜け。こんな馬鹿みたいな方法で正体がバレるなんて。私は直《す》ぐに臨戦態勢となって、少女に向かって蹴りを放った。

「わっと」

「「「セルジュ!?」」」

急に攻撃を開始した私に外野が驚くも、セルジュとかいう勇者に軽い動作で回避されてしまった。

「あ、大丈夫だから安心して。貴女もね。私は敵じゃないよー」

「誰がっ――」

「――我が娘に、何をしておるっ！」

見た事がないくらいに怒りながら、天井を破壊してのパパの乱入。それからの記憶はあやふやで覚えていない。断片的には剣が増えたような、そんな気がした程度。きっと、私の力が足りなかったんだと思う。何が原因で死んでしまったのか、全然分からないもので、気が付いたら、ビックリするくらいに白い空間にいた。

「貴女に、新たな光を与えましょう。……貴方《あなた》は神を信じますか？」

出会い頭にそんな言葉を喋《しゃべ》った銀髪の女を、正直私は気が狂っているのかと思った。私が悪魔だから、ってのもあるかもだけど、神とか胡散臭《うさんくさ》いし、何より悪魔の敵だし。それに、こんなにも澄んだ瞳で馬鹿みたいな言葉を話す奴と会うなんて、私にとって初めての事だったから。だけど、決してそれを態度には表せなかった。なぜなら、この女は絶対に勝てない相手だったから。

「そんなに警戒しないでください。私は、貴女の味方です」

銀髪の女に、ではない。この女の中に潜む、恐ろしい別の何かに対して、私の直感は戦ってはならないと告げていた。

「どうか私に協力して頂けないでしょうか？」

誰もが無条件で従ってしまいそうな、そんな神的な声で女は言葉を投げ掛ける。聞けば、女の目的は真の神の復活と、世界の浄化だという。胡散臭いを通り越して正気なのかと疑うレベルだ。ただ、この女はそれを可能とさせるような、不可思議な気配を発していた。癪《しゃく》だけど、私の直感もそれができるだろうと、そう明白に告げている。でも、世界の浄化って――

「もちろん、対価はお支払い致しましょう。何でも仰《おつしや》ってください」

「……何でも？」

「ええ、何でもです」

何の迷いも躊躇《ためら》いなく、こんな台詞《せりふ》を吐けるこの女は本物なのか、それとも一流の詐欺師なのか。尤《もつと》も、一度死んでしまった私が悩む必要なんてなかった。

「なら、私は私の故郷を護《まも》りたい。何者からも、世界の浄化からも」

「……うふふ。なるほど、了承致しました。ならば、手始めに貴女の故郷を救い出さなければなりませんね。過去に栄光を一身に受けたグレルバレルカ帝国も、今では風前の灯火《ともしび》ですから」

「ちょっと、今何て――」

「ご心配なさらず。貴女が盟約を果たせば、私は約束を必ず守りますから。さて、これから貴女には様々な任に当たって頂きます。まず、貴女に力を授けましょう。エレアリス様よりお預かりしたこの『神の十指』で、この世界をより良きものにしようとする転生者に、特別な恩恵を授けましょう」

銀髪の女が私の頭に手を置いた。あれ、急に眠気が……？

「ああ、そういえば自己紹介がまだでしたね。私、エレアリス様の巫女《みこ》をしております、アイリス・デラミリウスと申します。他の皆には代行者と呼ばれていますので、そう呼んでくださいね。これからよろしくお願いします。魔王と化した一族の罪を断つ者、断罪者」

代行者が頭を撫《な》でると、私の意識は闇の底へと沈んでいった。

◇　◇　◇

――魔王城最下層・月の館

「メル、そっちの除去は終わったか？」

「お待ちください。聖槍《せいそう》で今――ＯＫです」

「う、う……ん……」

「大丈夫か？　大丈夫なのか!?　我が愛娘《まなむすめ》は無事なのかっ!?」

俺の耳元で義父《とう》さんが声を張り上げる。ベルが心配なのは分かるが、俺の鼓膜も少しは考慮してほしい。マジで破ける。

「安心してください。俺とメルがタッグで手当てしているんですよ？　どうにか一命は取り止めました。休息と軽いリハビリは必要でしょうけどね」

「そ、そうか……」

緊張の糸が切れたのか、ジェラール以上の巨体を誇る義父さんが尻餅をついてしまった。魔王であった時代であれば、まず見られなかったであろう姿だ。だが、今は魔王などではなく1人の父。こんな不格好な姿を晒《さら》しても許されるだろう。

「良かったわね、父上！」

「うむ……良かった、本当に良かった……」

「お前は存外無事だったな、セラ」

座り込む義父さんの大きな背をバンバンと叩《たた》くセラも、結構な重傷だった気がするんだけどな。これも回復力の差、なのだろうか？

俺とメルがここに辿《たど》り着いたのは、セラ達の戦いが終わった直後だった。ベルを抱き締めたセラは動く様子がなく、周りの壁や天井は崩壊する真っ最中。こりゃいかんとメルに周囲一帯を凍結するよう念話で指示し、俺はセラとベルに結界を施す為《ため》、全速力で駆けたのだ。

セラとベルは意識を失っていたが、幸いにもしっかりと息はしていた。しかし安心はできない。装備は酷《ひど》い壊れようだったし、体中傷だらけ。床を見れば、出血もかなりしているようだった。俺たちが到着するのがもう少し遅ければ……考えたくはないけど、それくらい危ない状況だったんだよな。それでもベルの分まで血を固め、それ以上の出血を防いでいたのは流石《さすが》だったが。

「ベル、起きないわねー。つんつん」

「本当に元気だよな、お前……あと、怪我人《けがにん》のほっぺ突《つつ》くな」

「……や」

「や？」

「やっ……わらかいっ！　何これ、リオン級!?」

　勝手に人の妹を等級扱いにしないでもらいたい。確かにリオンのほっぺは柔らかいが。そこは譲れないがっ！

「あら。本当にリオン級ですね、これは」

「ね、そうでしょ！」

「おい、メルまで……」

　しかし、リオン級か。それはつまり、至極柔らかなもち肌である事を指す言葉である。セラとメルの間で好き勝手にほっぺを突かれるベルは、不快そうに眉をひそめている。あのツンツンした性格のベルだ。この機会を逃したら、もうそのほっぺに触る隙なんて、絶対に作ってくれないだろう。リオン級、リオン級――

「じゃ、ちょっと俺も――」

「――愚息よ。何をしようとしているのか、理解しておるな？　我の加護が発動したが最後、ベルに代わって我が断罪するぞ？」

「あ、はい。すみません」

義父さん、肩に置いた手にそんなに力を入れないでください。もげてしまいます。あとその殺気、愚息に向けるにはいささか本気過ぎまイダダダダダ！

そんな俺と義父さんが親子の触れ合いを行う中、セラ達《たち》は調子に乗って髪を撫でたりとベルを愛《め》で始めてしまった。くそ、男女平等を主張したい。

「……ちょっと、何してるのよ？」

「「あ」」

あ、じゃないだろ。いくら重傷だったとはいえ、俺たちは本気で治療を施したんだ。あんなにうなされ続ければ、そりゃ起きる。

「ええっと、おはようベル！　良い朝ね！」

「グレルバレルカはいつも夜よ」

「……撫でて良いですか？」

「ちゃんと許可取ってから撫でなさいよ。もう撫でてるし。ったく、アンタに撫でられたせいで変な夢を見たじゃないの。……だから撫でるな」

意識が覚醒するも、まだ体はメルとセラのなでなでぷにぷにを払い除《の》けるほど回復していない。ベルは嫌そうにしかめっ面を決めるのみで、口々に文句を言いながら流されるままでいる。

「よう、元気そうで何より――」

「ベルぅ――――！」

「がっ……！」

軽く挨拶しようと前に出た刹那、感極まった義父さんに猛突進をかまされ、吹き飛ばされる俺。認められたは良いが、こんな愚息の扱いに泣きそうになる。

「痛い所はないか？　大丈夫か!?」

「……父上の髭《ひげ》が痛いわ」

「ううむ、まだ本調子じゃないのかもしれんな。いつものようにパパと！　呼んでくれんし……」

「え、パパ？」

「……」

セラの疑惑の視線に、ふいっと顔を背けてしまうベル。たぶん、そっぽを向いたベルの顔は赤く染まっている。ほら、耳が真っ赤だし。手を動かせたら隠したいだろうな。

「む、やはり熱があるではないか！　どれ、パパが運んでやろう、このパパがっ！」

「もう止《や》めてお願い……」

ある意味一番酷い仕打ちをやってるんじゃないかな、パパさん。羞恥心で涙目になってるから、そろそろ止めた方がいい気もしてきた。

「父上、ベルが困ってるじゃない。止めて、嫌われるわよ？」

「そ、それは我も困るな。久しぶりにベルと会ってついつい……よし、止めよう。我、自粛」

「よろしい！　ベルも良かったじゃない、魔王化の後遺症もないようだし」

「魔王、化……そうよ、何で……私は魔王になった筈《はず》なのに、何で無事なのよ？」

「それについては、私が説明致しましょう」

「……女神、メルフィーナ」

メルが愛槍《あいそう》をベルに見えるように掲げた。撫でる手は止まらないが、それについてはベルも諦めているようだ。

「え、女神？　彼奴《あやつ》、女神なのか？」

「父上、黙っていて」

「よし、我は黙るぞ」

ホントに娘には頭が上がらないのな、この親父《おやじ》。

「私の所持するこの聖槍ルミナリィには邪を滅し、負を正へと転換させる力があります。以前、魔王ゼルに対してこの力を行使した際は、ゼル・トライセンが魔王となって時間が経《た》ち過ぎていたが為に、効力を発揮しませんでした。しかしながらベルさんは、魔王と化してまだ間もなく、覚醒し切っていなかった。更に言えば、あの魔王化は正規のもの、といっては変な話になってしまいますが、自然に起こり得たものではありませんね？」

「……ええ、そうよ」

「配下ネットワークから拝見させて頂きましたが、あの黒い書物が魔王化の発端でしょう。周期を無視した人為的な魔王化、今回はそうであったが為に、ベルさんは完全な魔王とはなれなかったのです。お蔭様《かげさま》でルミナリィでちょちょいでした♪」

ちょちょいと神の槍《やり》を振るっちゃう女神様。まあ今回は何も言うまいて。

「セラよ、女神って実は良い神なのではないか？　むしろ敬い奉るべきなのでは？」

「リンネ教に入信するの？　丁度そこの聖女が来てるわよ」

おい、誰かそこの親父を止めろ。コレットが発狂してしまう。

「ふん、なるほどね。まあ形はどうであれ、私は最後の任を全うした。後は煮るなり焼くなり、好きにしなさい」

「そう？　それじゃあベル、これからは使徒なんて止めて、姉妹仲良くしていきましょうね！」

「……は？」

「は、じゃなくて。ベル、さっき言ったじゃない。最後の任を全うしたって。って事は、ベルはもう自由なのよね？　これからはうんと甘えていいからね」

「我にも甘えていいからね！」

「義父さん、今は退《ひ》きましょう。良い話が混沌《こんとん》になるんで……あとジェラール臭がするんで……」

「む！　おい、放せ、放すのだっ！　それに、ジェラール臭とは一体何だ!?」

俺とメルとで、義父さんを無理矢理引っ張り出す。

「本当に甘っちょろいわね、セラ・バアル」

「セラ姉様でしょ？　はい、もう一度」

「……セ、セラ姉様」

お、このベル、押しに弱いぞ。

「会ったばかりの頃はあんなにセラに突っかかっていたのに、変わるもんだな」

「愚息よ、貴様こそ甘いぞ。ベルの気持ちを全く分かっておらん」

「え？」

「ベルは昔から器用に何でもこなせる天才であったが、心の方は不器用でな。なかなか素直になれないのだ。そこが可愛《かわい》くもあるのだが、勘違いされやすい面でもある」

「ああ、なるほど。姉への接し方が分からなかっただけですか」

ベルはもとからセラを嫌っていたんじゃない。実際はその逆だったんだ。姉に関心はあるけれども、どう接して良いのか分からない。そして、使徒という立場が尚更《なおさら》それを拗《こじ》らせた。迷ったが故に選んだのが武力行使、つまるところ姉妹喧嘩《げんか》だったと。俺好みではあるが、確かに不器用だな。

「きっかけはできた。後は2人が良き姉妹になれるよう、我が支えるのみよ」

「話を締めようとしているところ悪いんですが、義父《とう》さんが極端な箱入り娘にしなければ、もっとスムーズに事が運んだのでは？」

「あれは吸血鬼の王が悪い。我は悪くない」

義父さんがふいっと顔を背けても、ベルみたいな可愛い印象はない。むしろ腹立つわ、それ。

◇　◇　◇

これまでのわだかまりを解消し、義父さんが動けないベルを抱き上げる。さっきも言ったように、ベルはまだ暫《しばら》く安静にしておく必要がある。魔王城もこの最下層と同じくズタボロの倒壊寸前ではあるが、俺が魔法で補修すれば何とかなるだろう。エフィルやリオンの念話報告によれば、一帯の敵は殲滅《せんめつ》し終えている。後は黒ゴーレムの相手をしているアンジェだけかな。

『やっほー。アンジェさん、何と全機の鹵獲《ろかく》に成功したよ！　これは今回のMVPは私なんじゃないかな？』

そう考えたのも束《つか》の間、軽快な念話が飛び込んできた。どうやらアンジェも快勝だったようだ。だけど、MVPはセラになりそうだよ。

『アンジェ、お疲れ様。怪我《けが》してないか？』

『愚問だね、ケルヴィン君。なるべく破損させないで、っていうオーダーには苦戦したけど、私はこの通り無事だよー。これだけ働いたんだから、シュトラちゃんにプレゼントする役どころくらいは頂戴ね？』

『分かった分かった。シュトラの笑顔はアンジェのほしいままにしていいよ』

『やったー！』

落ち着いたら、あの黒ゴーレムをシュトラ仕様にチューニングしないといけないか。えーと、シュバルツシュティレって名だったか。持ってた武器は全て違っていたし、機体別に内蔵する機能を変えても面白いかもしれない。ま、それはシュトラが決める事だが。

『喜ぶのもいいけどさ、一応残党がいないか巡回してもらっていいか？　もしかしたら、ベルの管理下とは別の使徒がいるかもしれないし』

『うんうん、お姉さんにお任せあれ――って、ケルヴィン！　そっちに誰かいるよ！』

『――っ！』

周囲の気配を探った直後の、アンジェによる警告。この場にいたセラやベル、義父さんも同時に気付いたらしく、揃《そろ》ってこの最下層から上を見上げる。戦闘によって開けられた魔王城に通じる大穴。その傍らで何者かが身を乗り出し、どこか呑気《のんき》な様子で口を開いた。

「良かった良かった。やっぱり何事も最後はハッピーエンドで終わらないとね。うん、おじさんは心からそう思うよ」

頭上より、ぬらりくらりとした男の声がした。どこかで見たような、そうでもないような……そんな何とも言えぬ歯痒《はがゆ》い印象の、薄汚れた衣類を纏《まと》った男だった。腰に長い刀を収めた鞘《さや》を差し、親戚に会うような気軽さでこちらを見下ろしている。

「やあ、断罪者」

「……生還者、貴方《あなた》が来ていたのね」

「そうです、おじさんが来ていたのです。なんてね。他でもない断罪者の最後の任務と聞いたからさ、常時おじさんに襲い掛かる眠気と戦いながら、頑張ってここまで来たんだよ。ああ、早く帰って寝たい……」

男は欠伸《あくび》を噛《か》み殺し、口に片手を添える。

そうか。あの男が生還者、ガウンでリオン達と戦ったエレアリスの使徒か。確か、斬っても焼いても即座に復活する能力を持っているとか。

『今日は入れ食いだな』

『あなた様、たぶんシリアスな場面なので、少し抑えましょう』

悲しいかな。注意を促すメルフィーナ先生のお腹《なか》も限界なようで、空腹のお知らせがさっきから鳴りっ放しでいらっしゃる。この時点で俺たちはシリアスから逸脱しているのだよ、メルフィーナ。俺も頑張って抑えるから、お前も抑えような。まずは様子見だ。

「ところで断罪者、使徒を抜けるんだっけ？　本当に？」

「代行者との約束は果たしたから、そうなるわね。まあ、私が生き残ったのは予想外だったけれど……」

「おい、貴様！　我のベルに何という口を――」

「パパ、黙ってて」

「うむ。パパ黙る」

義父さん、シリアスなんです。空気読んで。

「怖いお父さんだねぇ。断罪者のお婿さんは苦労しそうだ」

「そんなもの、作るつもりないわよ」

「そうなのかい？　もったいないねぇ……ま、断罪者が生きててくれたのは、おじさん個人的に嬉《うれ》しいよ。短い期間だったけど、チームを組んだ仲だったしね。使徒を抜ける件については、おじさんから伝えておくよ。目的は達成した事だし、代行者も許してくれるだろうさ。後は余生を穏やかに過ごす事だ。君にはその資格が――」

「――目的？　待って、目的って何よ？」

静寂を保っていたセラが、堪《たま》らずに口を挟んだ。目的、目的か。この場合はベルの故郷を護《まも》る目的ってよりは、神の使徒としての意味合いになるだろう。つまりは代行者の目的を示す。それが何なのかはさて置き、既に達成されていると――マジか。

「何だ、まだ断罪者は話してないのかい？　まあ、話してないよね。さっきの今だ。断罪者、おじさんから話してもいいかい？」

「いつもの事だけど、今日はやけにお喋《しゃべ》りね」

「久方ぶりの会話で嬉しいのさ。同僚で話を聞いてくれる子が守護者しかいなくてねぇ。でもあの子の場合、おじさんが話す隙がないし」

「守護者もお喋りだからね」

「で、目的って何よ？」

「ああ、そうそう。そうだった。ぶっちゃけて話してしまうけど、おじさん達《たち》は主《しゅ》の復活の準備を終えている。この黒い本、さっき見えたかい？」

「それは……！」

生還者とかいう男が片手に掲げると、そこにはベルが魔王化する際に使ったとされる黒の書があった。

「姿形は対象とする人によって変わるみたいだけど、これは魔王の種みたいなものなんだ。種が芽生え、実がなり、花が咲く。花の如《ごと》く魔王が散れば、その特別な魔力は新たな種へと還元される。そして種はまた土へと戻り、数十数百の時を経て――ま、この辺りは女神様の方が詳しいかな？」

「……」

「メル？」

「すみません。お話しできないのです……」

義体の制限に引っ掛かるのか。となれば、今生還者が暴露してる話は、かなり不味《まず》い内容らしい。この世界の理《ことわり》に触れるような、そんな感じがする。

「ま、代行者はこのエネルギーを利用してると考えてくれればいいよ。で、だ。鞘こそは逃してしまったけど、主《しゅ》の聖槍《せいそう》イクリプスもあるべき場所へと戻った。魔王ゼルは計算していたよりも良質な魔力を溜《た》め込んでいたみたいで、本来であれば予備タンクとしての役割を担っていた断罪者も、これにてお役御免！　……の筈《はず》だったんだけどね」

「おい、予備タンクって……」

「そのままの意味だよ。仮に主《しゅ》の復活の為《ため》の力が不足してしまった際の、予備の魔王さ。尤《もっと》も魔王の種は不完全だったから、魔王に成り切れなかったみたいだね」

「ベル？」

「……その通りよ。私はそれを天秤《てんびん》に掛けて、グレルバレルカを保とうとした」

ベルが首を縦に振り、肯定する。ああ、そうなのか。代行者の目的はベルを魔王にして俺たちを討とうとしたんじゃなくて、俺たちに魔王となったベルを倒させるのが目的だったのか。そして、ベルが魔王となる事で生まれたエネルギーは……嵌《は》められたな。

「おじさんもつい最近知ってさ、こんな少女に酷《ひど》い事をさせるものだよねぇ……いくら完全な状態で復活させたいからってさ。だから君が使徒を抜けるのに、おじさんは賛成だ」

なぜか生還者の男が言葉を詰まらせ、体を震わせている。ベルの「黙って」という指示に従い、黙ったまま怒りで体を震わせている義父さんと同じ心境なんだろうか？

「賛成なんだ。賛成だけど……でもね、おじさんは同時に悲しい。とても悲しい！　暗殺者に反魂者、そして更には断罪者まで。何で、何で……何で美女美少女が使徒から離脱して行くんだぁ！　特に反魂者の妖艶なお姉さん！　おじさんと知り合ってまだ間もないのにっ！」

「「「「……は？」」」」

……やべえ、相手からシリアスをぶち壊してきた。

「断罪者にまで抜けられちゃったら、残る女の子は代行者と守護者だけ……おじさんの後輩も同じくらいおじさんだし、何か胡散臭《うさんくさ》いし……おじさんにもう少し幸があってもいいんじゃないかな!?　ねえ、神様！」

「すみません、そちらの神に言ってください。私の管轄外です」

「メル、別に真面目に返さなくていいから」

何だかな……話の内容は真剣なものなのに、生還者のせいでおちゃらけた雰囲気になってしまった。

「そうかい。それは残念だねぇ……ま、これからの人生、いや、悪魔生は故郷で幸せに暮らすといいよ。さっきも言ったけど、代行者にはおじさんが上手《うま》い具合に伝えてあげるからさ。あ、そうだ。代行者から貰《もら》ったギフトもパクっちゃいなよ。おじさん忘れっぽいからって、何とか誤魔化すからさ」

「……生還者。貴方まさか、わざと？」

「何の事だか分からないねぇ。寂しくなるけど、もう二度と会わない事を祈ってるよ。あ、そう言えばおじさん無神論者だったなぁ。これは一本取られた！　はっはっは！」

生還者は黒の書を懐にしまい、笑いながら立ち上がった。これがベルとの今生の別れになると悟っているのか、苦い話よりも笑い話を肴《さかな》にしようという粋な計らいのつもりなのか、男は精一杯の笑顔を顔に貼り付けていた。

──情報源となる話も終わって、生還者が空気に流されて去りそうな雰囲気だし、そろそろ動くとしよう。これだけ長い時間お喋りされたら、俺が色々と準備するにも十分な時間な訳でして。

「隙ありじゃ！」

「ぐはぁっ!?」

こんな感じで念話を受け取ったジェラールが背後から斬り捨てて、最下層に蹴り落とすなんて手もできる。騎士道？　ジェラールの騎士道は孫を愛《め》で、鎧《よろい》を脱がない事だ。それに、俺たちがみすみす敵を逃がす筈がないだろうに。

◇　◇　◇

背後からの一閃《いっせん》。ジェラールの魔剣は生還者を確かに捉え、肩から腰にかけて深々と太刀を浴びせた。セラの帰郷作戦でこれといった活躍がなかった鬱憤を払うかのように、怒濤《どとう》の勢いのままお次は蹴りが炸裂《さくれつ》。騎士が蹴りとかどうなのよ？　なんて些細《ささい》な疑問はさて置き、重量のある全身鎧から放たれるヤクザキックはなかなかに侮れない。鎧の重さにジェラールのパワーが上乗せされ、生還者はそのまま大穴へと突き落とされてしまった。

「あばっ、だっ、ぎっ、ぐおっ！」

大穴の側面部に所々でぶつかり、その度に痛々しい声を上げる生還者。階層の境である凹凸のある壁に腰を盛大に打ち付けたりと、見ているだけでも不憫《ふびん》になる落ち方に、指示を出した張本人な俺も気の毒な気持ちになってしまう。ちょっと前まで格好良く立ち去ろうとしていただけに、とても不憫だ……

それでも転がり落ちながら斬られたダメージを完治させている辺り、リオンやアンジェの話は確かだったようだ。もとから疑ってはいなかったが、やはり自分の目で見るのが一番なのである。

　――ズガァーン！

「ぐふぉうん！」

　頭から落ちるとは、これまた大胆な着地方法だな。俺にはとてもできないし真似《まね》もしたくない。したら死……ぬ事はないかもだが、やっぱりしたくない。さて、貴重な情報源が向こうからやって来たんだ。歓迎もなしに帰すなんて無礼にもほどがある。

「ぬぬぬ、っと！　ふぅ、死ぬかと思ったねぇ……」

　瓦礫《がれき》の山から埋まった頭を抜き取り、生還者がボリボリと頭をかき始めた。酷く疲れ切った声を出すも、実際のダメージは皆無に近いだろう。ざっと観察した感じ、掠《かす》り傷《きず》も見当たらない。

「これまで出会った使徒と比べれば、かなり慈悲深い奴《やつ》なんだな。生還者のおじさん？」

「いやいや、おじさんは小心者でね。当たり障りのない振舞いをするので精一杯なんだよ。下手に断罪者を処理したら、お父さんめっちゃ怒りそうじゃない？　少なくとも、おじさんは相手したくないねぇ」

「……まあ、そうなるか。絶対に義父《とう》さんキレるな」

「あれ、お父さん？　君、魔王グスタフの息子さんだっけ？」

「そこら辺は結構複雑なんだ。ついさっき不遇なる愚息になって――」

「――あなた様」

「ああ、悪い。話が逸《そ》れたな」

意見が合致したせいか、話が弾みかけてしまった。方向修正。

「寛大なおじさんには悪いけどさ、あのまま黙って帰す訳にはいかないんだ。……分かるよな？」

セラが拳を鳴らし、メルが聖槍を構え、俺が大鎌を肩に担ぐ。背後ではベルを抱える義父さんがあまり直視したくないプレッシャーを放ち出し、生還者を威圧し出した。

「はっはっは……おじさん、弱いもの虐《いじ》めには反対だなぁ。でもね、本気で逃げるおじさんはなかなか強敵だよ。生還者って名を貰ったくらいだしね！」

そんなどこかで聞いたような台詞《せりふ》を叫びながら、おじさんが立ち上がろうとした瞬間、真上から3つの人影が舞い降りて来た。着地音にして、トン……ズゥーン！　ズガァーン！　である。

着地順に、髪から靴に至るまで全て青色な小柄な少女、つい先ほど生還者をたたっ斬った黒騎士、ゴツゴツとした筋肉で全身を覆った大男だ。

「主、エフィル姐《ねえ》さんの指示で応援に来た。甘味を約束された私は正に無敵。さっさと片付けて至福の時間に至りたい。まる」

「ふぅーむ。やはり高所からの着地は腰にくるのう。まあ、あの落ち方よりはマシじゃが」

「……加勢」

現れると同時に言いたい放題ではあるが、これでも頼もしい援軍だ。何と言っても我がパーティの中でもトップレベルの実力を誇る騎士に、竜王が2体だからな。前2人はお察しの通り青ムドとジェラールなのだが、最後に参上した大男については、仲間内でも今初めて見る者も多いだろう。

「あら、もしかしてその姿がボガの人型なの？　何気に初めて見たわ」

「う、うす……」

セラもこんなだし。大男、もとい人型となったボガは、下手をすれば義父さんよりも巨大。が、今の返事がそうであったように、覇気が殆《ほとん》ど感じられない。この巨軀《きょく》からは想像もできないほどに声が小さく、直《す》ぐに雲散してしまいそうな印象を受ける。

「セラ姐さん、ボガはこの姿だと酷く臆病になる。あまりまじまじと見てはいけない。緊張で心臓が破裂する」

「何でよ？　ボガっていったら、竜組の中では特に獰猛《どうもう》だったじゃない？」

「違う。それは竜の姿であればの話。小さくなった人の姿だと、肝《きも》っ魂《たま》まで小さくなっている。私の2倍以上に図体《ずうたい》が大きい癖に、全く理解できない」

「だ、だって……」

「ふう、まさかあの勇ましいボガがここまで弱気になるとはな。これは鍛え直さんといかんか。これが終わったらワシと特訓じゃ！　このままでは火竜王の名が泣くぞい！」

「あわわ……」

ま、まあ姿の割に頼りない感じだが、これでも実力は俺も認めているんだ。人型になれるようになったのはつい最近の事だし、少しは長い目で見てあげても良いんじゃないかな。あと、敵が前にいるんだから無駄話しない。と、注意したいものだが、生還者のおじさんが逃げる素振りはない。なぜならば――

「ちょっとおじさん聞いていいかな？　この氷、何？」

「さっき転がり落ちた時、凍結された壁に触っただろ。その時の氷だよ」

「いや、あの……おじさんの足とか色々、凍って動かないんだけど……」

生還者が触れてしまった壁はメルフィーナが凍結させ、最下層や魔王城の崩壊を防いだものだ。言ってしまえば、俺たちの家紋にもなっている氷女帝《セルシウスプライア》の荊である。こいつにぶつかりながら転落した生還者は、その際に氷の荊《いばら》の欠片《かけら》を体に付着させてしまった。体の傷は即座に完治できるだろうが、その力では外部の異物を取り除く事はできないだろ？　ジェラール達《たち》が登場する間にも荊の侵食は進み、おじさんの枷《かせ》となる寸法だ。生還者を殺す手段は今のところ発見していないが、捕らえる手段に困るなんて事はない。

「はい、おじさんタイムします。というか、悪ふざけが過ぎたというか、別に逃げる気はなかったというか……実はね、おじさんからちょっとした提案があったり――」

「まあまあ、弁解は後で聞くから。さ、まずは吐くもん吐いてもらおうか」

◇　◇　◇

「本拠地まで案内するだって？」

氷漬けにした上で鞘《さや》に収まった刀を没収後、紳士的に話を聞いてみると、生還者は意外な言葉を口にした。

「イタタタタ……そう、だから何度も喋《しゃべ》ろうとしたじゃないか。おじさんが君達の前にわざわざ出て来たのは、その為《ため》だよ。じゃなきゃ小心者なおじさんは、黒の書を回収してコソコソと逃げるさ」

「信用できるとでも――ああ、そうだ。黒の書とやらも渡してもらおうか」

「あー、それは無理だねぇ。もう聖鍵《せいけん》の機能を使って、本拠地に送っちゃった」

「……」

「無言で得物を構えないでほしいねぇ。ほら、こんなおじさんでも一応は敵同士だし」

ぬらりくらりと生還者が申し開きの言葉を並べ始める。後輩とやらを扱《こ》き下ろしていたが、こいつも十分に胡散臭《うさんくさ》い。

「なら、その敵さんがどうして本拠地まで案内するなんて言い出すんだよ？」

「さあねぇ。おじさんも詳しくは知らないけど、代行者は君達を待っているみたいでねぇ。いや、君達というよりかは、転生神メルフィーナを、かな？　使命を全うした断罪者のお蔭《かげ》で時間稼ぎの必要はもうないようだし、できれば回り道せず直行してもらいたいんだ」

「別にお前じゃなくても、こっちにはベルがいる」

「まさか、万全でない断罪者を連れて行く気なのかい？　それに根城への道はかなり特殊でね。正しい道を進むには機能している聖鍵《せいけん》が絶対に必要なんだ。果たして、使徒を抜けた断罪者の聖鍵《せいけん》は使えるのかな？　もちろん、暗殺者のもね。ああ、奪おうとしても無駄だよ。聖鍵《せいけん》は正規の持ち主でないと力を発揮しないからねぇ」

　義父さんに抱えられたベルをチラリと見ると、彼女はコクリと首を頷《うなず》かせた。どうやら嘘《うそ》を話している訳ではないようだ。聖鍵《せいけん》、めんどい。不死とされる生還者を使者に送ったのは、この為か。

「言っておくけど、おじさんは断罪者が知らされている以上の情報は持ってないよ？　自分で言うのも悲しいけど、下から数えた方が断然早い下っ端だからねぇ。試しに断罪者の美人なお姉さんの力を使ってみるといいよ。あ、でもギフトについては聞かないでくれると——」

　取り敢《あ》えず、義父さんの血染で生還者の能力を問い質《ただ》した。

◇　◇　◇

——月の館・ベルの私室

セラとベルが和解し、生還者のおじさんが逮捕されて3日が経《た》った。ん、少し語弊があるって？　実際義父さんの傀儡《かいらい》状態で魔王城の牢《ろう》に入っているのだから、別にそんな事はないと思うんだけどな。まあ、些細な違いである。

この3日間でグレルバレルカは大きく動き出した。これまでは王であるグスタフと国の核たる幹部達の不在が祟《たた》り、グレルバレルカ帝国は縮小の一途を辿《たど》っていた。だが、エストリアの蘇《そ》生《せい》術によって彼らは復活を果たし、再びこの国に忠誠を誓ったのだ。国の民が戻る様子はまだ見られないが、息を吹き返すのも時間の問題だろう。

まず、怪しげな関西弁を操る悪魔四天王の1人、リオンに速攻で倒されたラインハルトが行動に移った。大蛇のような容姿をした彼は隣国であるドクトリア王国の先代国王であり、現国王のガリアとも面識がある。面識があるどころか、魔王軍だった頃の元上司に当たる。というか、死別した筈《はず》の相手が突然現れれば当然こうなる。

「爺《じい》、先代のラインハルト様が目の前にいるように見えるのだが。いかんな、働き過ぎたか」

「ふふ、ガリア様。どうやらこのじいや、お迎えの時が来たようです。亡くなられた筈のラインハルト様が、すぐそこに……志半ばで倒れる事を、どうかお許しください……」

「死人ちゃうわ！」

そんな感じで説明するのに結構な時間を要したらしいが、今では協力体制を築けるまでに至っている。将来的にはグレルバレルカに吸収されるとか言っていたかな。そんな簡単に進めてしまっていいのかと俺は疑問なんだけど、セラやベルは普通に受け入れてしまっていた。悪魔的にはこれが普通であるらしい。

一方で義父さんも大忙しだ。奈落の地《アビスランド》全土に散ってしまった魔王時代の仲間達に知らせを出し、城や街々の改修を進めるなど、すべき事柄が大量にあるのだ。いくらベルが外敵から護《まも》っていたとしても、流石《さすが》に整備までは何年もされていなかったからな。人手も限られているし、そりゃ忙しい筈だ。ただまあ、義父さん自身は国の為に汗を流す父の姿を、愛娘《まなむすめ》に見せられて大層幸せそうだが……ま、ドクトリア王国から応援が来れば多少なりは解決されるだろう。こんな時に建築や諸々《もろもろ》に特化したダハクがいないのが悔やまれる。

「そういやセバスデルは？　あれでもお前の専属執事だろ？」

「セバスは積もり積もった罪を償う為に謹慎中よ。山みたいな事務仕事に追われながら、魔王城の独房にいるんじゃない？　ま、あれで優秀だから直ぐに片付けてくれるでしょ」

「うんうん、適材適所とはこの事ね！」

「セラ姉様、それは違──いえ、合ってるのか」

俺とセラはというと、月の館にて静養中のベルのお見舞いに来ていた。不完全だった魔王化とはいえ、やはりその負荷は相当のものだったらしく、未《いま》だ完全回復とまではなっていない。しかしながら以前のような尖《とが》った雰囲気はなく、自然に会話ができる程度に仲は良くなったと思う。あと、度重なる義父《とう》さんのお願いに諦めたのか、人前でもパパ呼びで通すようになった。真っ赤になる恥ずかしさを乗り越え、今は悟りの境地だ。

「それで、いつまでグレルバレルカに留《とど》まる気？　完治したのなら生還者の件もあるし、早く出発しなさいよ。もう私は大丈夫だから」

うーむ、本当に丸くなったのな。

「そう急《せ》かすなって。ドクトリアからの支援が来るまでは、俺達もここを手伝う予定だからさ」

「私もまだまだベルを甘やかし足りないしね～」

そう話しながら豊満な胸にベルの顔を招き入れるセラ。なぜかベルは嬉《うれ》しいような、悲しいような複雑な表情をしている。やはり疲れがまだあるのか。エフィルが考え抜いた食事の効果は、確かに出ている筈なんだけどな……

「ハァ、もういいわよ。それで、生還者からは何か有益な情報は聞き出せたの？」

「いーえ、それが全然。あいつが言っていた通り、ベルが話してくれた以外の目ぼしいものはなかったわ」

「ま、使徒達の本拠地が分かっただけでも大収穫だよ。捜す手間が省ける」

「でもでも、私やアンジェがその気になれば、本拠地くらい前情報なしで発見できるんじゃないかしら？　いえ、きっとできるわ！」

「セラ姉様。それ、大砂漠の中から埋められた一枚の金貨を捜すようなものよ？」

「……できなくもない？」

「時間が掛かるから止《や》めとけな」

諭しはしたものの、冷静に考えてみればセラとアンジェならやりかねない。場合によっては探る以前にセラが豪運を発揮して、砂漠に足を踏み出した第1歩目で見つけてしまう可能性も――今となってはベルが教えてくれた事だし、無駄な憶測か。

「奈落《アビスランド》の地の中心地、そこには無限毒砂《むげんどくさ》のように、禁断の地とされる大空洞があるわ。悪魔から『邪神の心臓』と呼ばれる奈落の不可侵領域、最果ての場所――神話とされるほど遥《はる》か昔、神々と邪神の争いの末に、邪神が封印されたとされる曰《いわ》く付きよ。代行者はそこに目を付け、巫女《みこ》の秘術を使って聖域を作った。覚えてる？」

「そこが使徒の根城、だったな」

「そう。代行者の力のせいで、大空洞に入るだけじゃ聖域への入り口は見つからない。その上、禁断の地だけあって馬鹿みたいに変な魔力が溢《あふ》れてて、長居すると体に毒なの。しかも大空洞自体が天然の迷宮になってるから、そこに本拠地があると予《あらかじ》め知ってなきゃ、発見するのは困難を極めたでしょうね」

「でも、私とアンジェなら――」

「セラ、分かったから張り合うな。ベルはお前の身を案じているんだ」

「え！　そうだったの!?　ベルー！」

「ふぐっ……」

再びセラがベルを抱き締める。ベル、そんな目で俺を見詰めなくっていいさ。何、礼はいらない。今はただ、セラの胸の中で安堵《あんど》するといい。

――コンコン。

そんな姉妹の触れ合いの中、部屋の扉からノックをする音が。

「失礼します……おや？　セラ様、やはりここでしたか」

「ビクトールじゃない。どうしたの？」

開いた扉から現れたのはビクトールだった。今日も装甲の黒光りが目立つ。

「それがですね、グスタフ様が宴《うたげ》をすると急に言い出してしまいまして。何でも、『理由はいらない、兎《と》も角《かく》セラ様ベル様を祝う会』を開くと……」

いや、そこは理由作れよ。

「あら、懐かしいわね。子供の頃は週3、4回はお祝いしてもらっていたものね」

「……セラ姉様も？　月の館でもそのくらいやってたわよ？」

「ベルも？　奇遇ね、流石姉妹！」

いや、待てよ。太陽の館と月の館の両方で週にその頻度って、ほぼ毎日やってる計算じゃないか。義父さん、どんだけ毎日娘を祝ってんだよ。

「ま、まあそういう事になりまして、私とエフィルさんで宴の料理を拵《こしら》えているところです。時間になりましたら迎えをよこしますので、まず一報にと参った次第」

「ビクトール、苦労してるんだな……よし、俺も何か手伝おうか？」

「クフフ、それでは飾りつけ用の『理由はいらない、兎も角セラ様ベル様を祝う会』と書いた横断幕を、ベガルゼルドと共に作って頂けますか？」

「それも毎回作ってんのな……了解した。それじゃ2人とも、また後で」

「うん。ちゃんと戦いたい衝動を我慢するのよ、ケルヴィン」

「俺だってそこまで見境なくねぇよ……」

胸の内のまだバトってないリストに、ベガルゼルドとラインハルトの名を刻んでいるだけだ。

「ねえ、セラ姉様。セバスとビクトール、交換しない？」

「やだ」

「ッチ」

おいおい、笑顔で拒否されたからって舌打ちはいけません。だがな、安心しろ。戦力的には2人とも五分五分だぞ？　え、違う？

◇　◇　◇

――魔王城・牢獄《ろうごく》

かつて世界を騒がせた魔王の城にて行われるは、祝賀会という名の大宴会。ケルヴィンの魔法による応急処置で、黒で補修された城内のパーティー会場では、絶えずグスタフの笑い声が上がり続けている。

その声を音楽代わりに耳にしながら、見張り役を任されたムドファラクとボガは牢獄の前にいた。牢の中にいるのはもちろん、3日前に捕らえた生還者である。皆が楽しく騒いでいるのに、こんな時に見張り役を任命されるとは、貧乏くじを引いてしまった――

「ムド、それは……？」

「エフィル姐《ねえ》さんからのご褒美。ボガも食べる？」

――なんて事は、ムドファラクは微塵《みじん》も思っていなかった。薄暗く殺風景なこの場所に、真っ白なフカフカクッションを取り出してちょこんと座る。そして目の前に並べられるは、エフィルが腕によりをかけたホールケーキ群。青ムドは思う存分に甘味を堪能し、頬を綻ばせる。むしろ集中して食に専念できるので、見張り役を任せてくれたケルヴィンに感謝の念を抱くほどだった。

「そんなには、いらないかな……」

「そう？　いつもならもっと食べるのに」

「肉とか野菜とか……た、食べるにもバランスが、その、大事だよ？」

「ダハクが偏食である事には、同意せざるを得ない。なぜ生の野菜しか食べないのか、甚だ疑問。もぐもぐ」

「……」

それはムドも一緒なのでは？　と、ボガは言い返せなかった。山のような竜の姿と比べれば小さいとはいえ、ボガは人型となっても巨体を誇る。筋肉は岩の如《ごと》く逞《たくま》しく、短く刈り上げた髪型と鋭い眼光は、見る者をそれだけで萎縮させる事だろう。ダハクの人型と同様に、容姿だけならば明らかにそっちサイドの人なのである。であるのだが、コンパクトになった自分に、ボガはいまいち自信を持てずにいた。心境としては、唐突に小人になってしまった感じだろうか。それまで自分よりも小さかった者が、ほぼ同等の大きさとなり、心の底で怖がっているのだ。よって、どう見ても子供なムドに、頭の上がらない現象が起こっている。

「それよりも、ボガもこっちに来て座ったら？　ここの床、ゴツゴツしてて見てるだけで

も痛い」

「おではこのくらいの硬さが丁度良い。フワフワ、落ち着かない。でも、ありがと……」

「ふーん」

それでも決して、ムドや他の仲間達《たち》を嫌っている訳ではない。トライセンからの付き合いであるダハクやムドファラクには一種の絆《きずな》を感じているし、よく騎乗して特訓してくれるジェラールは男として尊敬している。ただこの姿になる事で初めて、自分が臆病である事を知った。ボガにとってこれは大きな経験であり、これから越えねばならぬ壁なのだ。

「だ、大丈夫かな？　おで達だけで、ちゃんと見張れるかな？」

「心配症にもほどがある。この結界は私が主から教わった栄光の聖域《グローリーサンクチュアリ》に、メル姐さんの氷女帝の荊《セルシウスブライア》を被《かぶ》せて更に強化した束縛術。牢獄は主が強固に作り変え、グスタフ王が定期的にあのおじさんの頭部に血を塗り直している。心配するだけ損というもの。ジェラールの旦那やセラ姐さんだって、あの状態になったら抜け出せない。これぞ鉄壁」

「鉄壁、かぁ」

ペロリと口元に付いていた生クリームを舐《な》め取る青ムドを一瞥《いちべつ》しながら、ボガは牢獄の中を改めて覗《のぞ》きこむ。牢獄の中で生還者は、その身を3つのリングに囚《とら》われたまま直立し、氷の荊《いばら》が何重にもなって更に縛り上げていた。頭にはグスタフの真っ赤な血液がべっとりと塗られており、まるでペンキをぶちまけられたかのような状態となっている。

「おじさん、貴方《あなた》の能力は何？」

青ムドは空となったスプーンで生還者を指し示しながら問い出した。

「ハッ！　私の能力は固有スキル『帰死灰生《きしかいせい》』でありますっ！　斬られ、潰され、焼かれ、体の全てが消滅させせられようとっ！　このギフトを与えてくださった主《しゅ》がいる限りっ！　私はこの世界に帰ってくるのですっ！　しかしながら痛覚や恐怖はそのままっ！　迫り来る死は無限大っ！　私は灰色の人生を歩むべくして、この能力を得たのでありますっ！」

生還者は以前の曖昧な態度が嘘《うそ》であったかのように、きびきびとハッキリ答えている。

拘束されている為《ため》に動けないが、恐らく腕が動けたら見事な敬礼をしていた事だろう。

「貴方の生まれは？　本名は？　どんな人生を歩んできた？」

「ハッ！　生まれは獣国ガウンでありますっ！　名はニトっ！　若き頃にトラージを訪れ、刀に惚《ほ》れこみ道場へと入門っ！　その後は剣の修行に明け暮れ、虎狼《ころう》流という流派を興しましたっ！　この身は人の現身《うつせみ》でありますが、転生する以前っ！　元々は獣人でありますっ！」

「ほら、ここまで自分を曝《さら》け出してくれている。怖がる必要はない」

「う、うん……」

それでもボガは不安そうだ。牢の鉄格子が壊れていないか確認までしている。

「ふう……でも、慢心する必要もない。リングに異常が発生すれば私は直《す》ぐに感知できるし、出口に向かうには主やエフィル姐さん達がいるホールを通らなければならない。武器だった剣だって、厳重に管理されてる。何よりも——私たちにはクロト先輩がいる」

青ムドが食べていたホールケーキの反対側。そちらにもケーキの山々が列を成しているのだが、その中からぴょこんとプチサイズのクロトが顔を出した。どうやら一緒になってケーキを食べていたようである。サイズこそは小さいものの、このクロトは数ある分身体から戦力を集中させたバトルタイプだ。

「ク、クロト先輩！　それなら安心、だな」

クロトの登場にボガは漸《ようや》く安心を取り戻す。ダハク、ボガ、ムドファラクら竜ズにとって、クロトは絶対的な先輩配下。その信頼感は圧倒的なものなのだ。実際、クロトが変身した竜の姿は竜ズの憧れであった。

「クロト先輩はボガの力を信じてくれている。だから、ボガも自分を信じてあげないと」

「お、おう。おで、自分を信じてみるっ！」

「なら、今はただケーキを食べるといい。甘味は生物に必須な食べ物」

「おうっ！」

何だかんだでボガの弱気は少し改善されたようだ。勢いよくケーキを食べ始め、そして喉に詰まらせた。

「ゴホッ、ゴホッ！」

「竜の時より食道は細い。人型でその食べ方が許されるのは、世界広しといえどもメル姐さんだけ」

人の姿に慣れるには、まだまだ時間は掛かりそうである。

「うー……あ、そういえば。あの剣、クロト先輩のほか、保管？　に、入らなかったって？」

「らしい。ジェラールの旦那の力でも鞘《さや》から刀身が抜けないし、鞘が頑丈で破壊もできない。鑑定眼もなぜか見えなかったって、主から聞いた」

「か、鎌で斬ったら？」

「貴重なサンプルに主がそんな事する筈《はず》ない。たぶん、シュトラ様が率いる研究班にそのうち出番が回ってくる。この場合、刀が重要なのか鞘が重要なのか、よく分からないけど。最悪分からぬとも、クロト先輩の糧となるから安心」

「う、うん。それなら安心だ」

取り敢《あ》えず、クロトを過程に通せば安心らしい。竜の胸の内は複雑である。

「んー、おで、やっぱりケーキよりかは岩が――ん？」

ケーキを咀嚼《そしゃく》するボガの動きが止まる。

「……ム、ムド」

「待って、今とっておきのイチゴが」

「あれ、あれっ……！」

「……？　っ！」

ボガは酷《ひど》く驚いた様子で、牢獄の中を指差した。

◇　◇　◇

──魔王城・パーティー会場

『理由はいらない、兎《と》も角《かく》セラ様ベル様を祝う会』と書かれた横断幕が、誇らしげに掲げられたパーティー会場。装飾などが髑髏《どくろ》を基調としたものなのが多少なり気になったが、3日も経《た》てば俺の感性は最早《もはや》何とも思わなくなっていた。うん、魔王城はこうでなくては。

謎の理由から急遽《きゅうきょ》執り行われたこの祝賀会。それでも旧友との再会を喜んだり、互いの無事を祝ったりと、今の俺達にはとても効果的なものだった。丁度あっちのテーブルでは、椅子に座ったベルとアンジェが話をしているようだ。

「ねえねえ、ベルって呼んだ方が良い？　それともベルっち？　ベルちゃん？」

「何よ暗殺者、その呼称……」

「いつまでも断罪者なんて呼び方じゃアレじゃん。折角こんな形で再会できたんだし」

「貴女《あなた》、勝手に使徒を抜けたものね」

「そ、それは言わない約束だよ！　だってあの時に私の願い、達成できたんだし……ほら、ベルりんだって結果的に使徒を抜けた訳なんだし！」

「どさくさにまぎれて呼び方のバリエーションを増やさないでよ。私の場合、契約の内容に則《のっと》ってきちんと体裁を整えた上で抜けたもの。貴女が黙って抜けた責任、状況次第では私が問われるかもしれなかったのよ？」

「それは、その……ごめんなさい」

　アンジェが崩れ落ちるように正座をし出した。

「……まあ、代行者はその可能性も考慮してたみたいだけれどね。だから、この話はこれで終わりよ。アンジェ」

「え、今アンジェって──いいの？」

「私もこれで不器用だけど、セラ姉様を見ていたら変に抱えるのが馬鹿らしくなっちゃったわ。その……これからは、真っ当な友達になるんでしょ？　それとも、友達だと思っていたのは私だけ？」

「べ、ベルにゃーん！」

「呼び方はベルにしてよ……猫はアンジェでしょ。前から思っていたけど、何よ、その猫耳？　……い、意外と手触り良いわね」

　ベルはアンジェの黒フードに付いている猫耳をしきりに触り続けている。うん、平穏に旧交を温めているな。良きかな良きかな。

一方、そちらのテーブルにはセラとビクトールがいた。何やらビクトールが作った料理をセラが食べているようである。

「……腕が落ちたわね、ビクトール！」

「クフフ、やはりですか。ブランクとは怖いものです」

「それもあるけど、エフィルの料理が美味《おい》し過ぎるのが主な原因かしら。すっかり舌が肥えてしまったわ」

「ええ、私も共に調理場に立って実感しましたよ。私の倍の調理速度で倍以上に絶品な料理を調理するあの姿、同じ料理人として畏怖の念を抱いてしまいました。彼女、一体何者ですか？　私の最後の記憶では、確か弓の名手でもあったようですが」

「メイドよ！」

「……それは見れば分かります」

「ケルヴィン専属のメイドよ！」

「ああ、なるほど。つまり深く考えない方が良いのですね」

それはどういう意味なのか、ちょいと問い質《ただ》したいです。

「でも、私はビクトールの『かれー』が一番好きよ。思い出がいっぱい詰まってるもの！」

「……クフフ、ありがとうございます。そんな顔を向けられては、これからも精進しなくてはなりませんね」

「うん。だから長生きしなさいよね！」

「クフフ」

セラは再びパクパクと肉じゃがを食べ始めた。どこも良い雰囲気になってお兄さん嬉《うれ》しいよ。良きかな良きかな。

──だから、ほんの少しでいいんで、その雰囲気をこちらにもください。

「聞ぃーておるのかぁ、愚息ぅー。我はこんなにぃみょセラとベルぅを愛してぇうるのだ。そのいっきゃくを奪いとぅった貴様はぁ、万死に値するのだぁぞぉー。その辺分かってぇるぅー？」

「分かってます。十二分に分かってます。だから義父《とう》さん、そろそろお酒は控えましょう」

俺は宴会になれば、酒癖の悪い奴《やつ》に絡まれる宿命でもあるんだろうか？　パーティー開始早々に義父さんに捕まった俺は、こうして延々と酒を注《つ》ぎ合っては愚痴を聞き、骨を折られ圧迫されていた。セラと違って役得成分が微塵《みじん》もなく、パワーも段違いなので残るのは悲しい思いだけだ。くそ、まさかまだ試練が残っているとは思っていなかった。酒癖が悪いと予想はしていたけど、ここまで悲しくなるとは思っていなかった。

「にゃにを言っておるかぁー。『理由はいらない、兎も角愛《いと》し過ぎてセラベルを祝う会』

は始みゃったばかりではなぁいかぁー！」

呂律《ろれつ》が回っていないのに、祝賀会の名前はキチンと言えるのな。しかも、さりげなくアレンジしている。しかしなぁ、そろそろ俺も別の場所に移りたい。俺もさりげなくアイコンタクトを試みるか。た・す・け・て！

「……ふっ」

たまたま視線が合ったベルに冷笑された。おいてめぇ。

「助けてもいいけど、たぶん逆効果よ？　私もお酒に弱いし。そっちに行ったら空気に漂うアルコールにやられるわ。蹴り癖が酷くなるらしいけど、それでもいいの？」

義父さんは今、ジェラールが愛用する度数増し増しな酒瓶を片手にしている。正直、俺でも避けたい類のものだ。

「いや、いい……そのままの君でいてくれ」

「賢明ね」

ここにきてベルやセラまで酔ってしまっては、ダメージに対して回復が追い付かない恐れがある。セバスデルともなれば、それも本望なんだろうが、俺はそんな死因は嫌だ。

「ケルヴィン、呼んだ？」

「おお、我がぁ愛娘《まなむすめ》セラよぉ！　呼んだ呼んだぁー」

「セラ、ストップ！　ハウス！　待てぇ！」

パーティー会場に義父さんの高笑いが響き渡る。決死の交渉を続けるそんな中、生還者の見張り役を任せているムドから念話が入ってきた。

『主、主っ！』

『くっ、どうしたっ⁉』

『大変！』

『俺も大変だっ！　このままだと魔王の血筋の酒癖で、無駄に加護を使ってしまう！』

『それは割とどうでもいい。それよりも、生還者が牢《ろう》からいなくなった！　ごめんなさい！』

そのごめんなさいは台詞《せりふ》の前半部分に充ててほしい。ん？　生還者がいなくなった？

『いなくなったって、お前……ムドとメルの封印はどうした？』

『それが、なぜか顕在。強化した鉄格子も無事。生還者の存在だけがなくなっていた。私もボガも、あのクロト先輩も気付けなかった。これは異常事態、世界の危機！』

『ふーむ……』

結界がそのままって事は、ムドに教えた栄光の聖域《グローリーサンクチュアリ》もそのままか。感知できなかったって事は、まあそうだろうな。おまけに牢獄の鉄格子も破られている形跡がない。逃走するには避けて通れぬこのホールにも姿を現す気配がない。本当に消えてなくなったみたいだ。

『……主、なぜそんなに冷静？』

報告を聞いても驚く様子を見せない俺を、ムドは疑問に思ったようだ。

『ああ、まあある程度は予想の範疇《はんちゅう》ではあるからな』

『え？』

『生還者の能力、『帰死灰生《きしかいせい》』だったか？　主《しゅ》がいる限り無限に生き返るっていう。でもな、それは下っ端が持つにしては強力過ぎる力だ。何のデメリットもなく、メルフィーナの加護を使い放題だぞ？　そんな能力を得たのなら、俺だったらもっと上位に置くぞ』

『それは、まあ……』

『ギフト、能力を授けた時に代行者が生還者に嘘《うそ》を教えたとか、色々可能性はあるが――それはまあいい。メルとも話し合って、あの能力の本質は別にあると睨《にら》んでいたんだ。生還者の持っていたあの刀、クロトの保管に入らなかっただろ。保管に入らない条件を辿《たど》れば、それが答えになるかな』

『う、うん……？』

『兎も角、今は焦るな。冷静に動け』

そうムドに伝えると、俺は念話による指示を全員に拡散させた。……問題は、義父さんをどうやって振りほどくかだな。

◇　◇　◇

──魔王城・宝物庫

元魔王の呪縛から解き放たれた俺はメルフィーナ、ジェラールと共に生還者の刀をしまっていた城の宝物庫へと移動した。悪魔四天王には酔い潰れてしまった義父さんと、まだ万全ではないベルの警護にあたってもらっている。

「うわ、見事にぶった斬られてるな。鋼鉄製の扉がバッサリか」

まず目に付いたのは真っ二つに両断されて、床に倒れ伏してしまった宝物庫の大扉だった。一刀のもとにやられてしまったのか、綺麗《きれい》に扉だけが斬られている。そして、問題の生還者の刀は宝物庫の中のどこにも見当たらなかった。

「ううむ、斬り口を見るに内側からの刀傷じゃな」

「予《あらかじ》め城の宝は別の場所に置き変えていたから、物を取られている心配はなかったが……やっぱ中からか。メル、俺達《たち》の予想も捨てたもんじゃないな」

「ええ、謎の解明にまた一歩前進しましたね」

「前進するのは良いが、当の生還者は今も逃亡中じゃぞ？　王も姫様も何でそんなに余裕なんじゃ……」

「別に余裕こいてはないよ。ただ、何となく能力のからくりは分かったからさ」

それに生還者は瞬間移動する訳じゃないし、俺達やベルを始末しに来た訳でもない。あいつは使徒の根城への案内人として来たんだ。ここで逃げてしまったら、俺達の前に現れた意味がなくなってしまう。今はどこかに潜伏している事だろう。

「確か、使徒にはそれぞれに課せられたオーダーがあるんだったか。案外、生還者に充てられたその注文はいつまでに連れて来いとか、そういう類かもしれないぞ？」

「逃げる自分をわざと追いかけさせて、本拠地のある『邪神の心臓』まで誘《おび》き寄せる――そんなところでしょうか。能力の性質上、彼が本気で逃げれば、本当にセルジュより厄介な可能性もありますし」

場所についてはベルからも聞いた事だし、もう分かっている。ただし生還者から没収した聖鍵《せいけん》は、彼がいなければ効力を発揮しない。鍵がなければ生還者も本拠地に帰れないかもだが、それは知らん。まあ招きたいと言っている事だし、邪神の心臓まで赴けば、向こうから入れてくれそうな気はするけど。

『ケルヴィン、見つけたよー』

『こっちも気配を発見したわ！』

おっと、そうこうしているうちに探りを入れていたアンジェとセラからの念話だ。

『結構『隠密《おんみつ》』の練度が高くて時間掛かっちゃったけど、このアンジェさんからは逃れられないかなー』

『ええっと、生還者はグレルバレルカの城下町に潜伏しているわね。外から姿が見えないように、屋内を少しずつ移動しているわ！』

『ああ、セラさん！　それ私の台詞！』

建物の中を通っているのか。生還者だって、アンジェ達の察知網から逃れられるとは思っていないだろう。距離をとる為《ため》の時間稼ぎか。

「どうします？　追いますか？」

「んー……」

正直、ただ追うだけってのもなぁ。まだシルヴィアの捜し人の調査もしていないし、連絡も、ああ、そうだ。まだ刀哉《とうや》達に連絡もしていなかった。シュトラのゴーレムも調整に着手できていない。次の戦いまでにすべき事が未《いま》だ山積みだ。

『――ムド、ボガ』

『ん』

『う、うす』

よし、こうしよう。良い方法を思い付いた。

『生還者を逃した罰ではないけど、2人に生還者を捕まえてもらおうと思う。条件は近づかず、遠距離からの攻撃のみで捕らえる事。そうだな、最低でも1㎞は離れての攻撃にしよう。期限は生還者が邪神の心臓に辿り着くまでだ』

『遠距離っ！』

『あ、あの……ムドは狙撃が得意。だけど、おでは――』

『ボガがその体にまだ慣れていないのは知っているよ。だから、これは修行代わりでもある。最初から捕まえる目的で攻撃しなくていいからさ、その力で色々と試して考えて工夫してみろ。幸いにも相手は瞬間再生持ち、慣れさせるにはもってこいな相手だ。存分に掻《か》き回してやれ』

『しゅ、修行……！』

ボガはステータスに任せた力押しや肉弾戦は得意だが、まだ炎の扱いはお粗末なレベルだ。是非とも逃げる生還者を相手に、技術を磨いてほしい。本人もやる気のようだし、ジェラールとの修行は次回に持ち越しだ。

『主、最初から捕まえてしまっても構わないの？　ボガの出番、なくなるよ？』

『できるならな』

『承知した。帰ってからの甘味が楽しみ』

ムドはスナイパーを自称するだけあって自信満々か。捕まえて困る事はないし、それはそれで構わない。その場合はクロトの保管から簡易転移門を出させて、それで我が家に連行しようかな。万が一に危なくなっても2人は俺の配下だ。即座に魔力体に戻して召喚を解除できる。これでいこう。

『邪神の心臓は中心地だけあって、ここからかなり遠いらしい。途中の睡眠や食事を相手に合わせるかは任せるよ。もし見失ったら念話を寄越《よこ》してくれ。その時にまた指示を出すから』

『その必要は皆無。私が直《す》ぐに終わらせる』

『お、おでだって、頑張る』

『ハハ、良い返事だな。その調子で頼んだ』

エフィルのケーキを食ってやる気が出たのかな？　2人とも、妙に士気が高い。これはかなりの成長が期待できるだろう。

「あなた様、私たちはどうするのです？」

「生還者がグレルバレルカを出た後、まずは祝賀会続行で。義父《とう》さんが起きたら、各地に使える転移門がないか聞いてみよう。場所によっては先回りできるかもしれない」

パーティー会場へと足を運びながら、クロトの保管からペンダントを取り出す。シルヴィア達の方も順調だと良いんだが。

◇　◇　◇

――グレルバレルカ帝国

「ふう、何とか一息つける――訳ないよねぇ……」

自分でもよく分かっていないのだが、愛刀の傍《そば》で目覚めた生還者は魔王城と城下町を抜け出し、グレルバレルカの郊外で身を潜めていた。草原の草々は丈が高く、屈《かが》めば生還者の姿を隠すには十分なものだった。だが、油断はできない。いくら隠密スキルをS級にまで上げているとはいえ、それで元暗殺者であるアンジェの察知能力を出し抜けるとは、全く考えていなかったからだ。ここまで追手らしい追手がいなかったのは、奇跡に近い。

「……わざと逃がされてるよねぇ、こりゃあ。陰ながら追ってくれるなら万々歳なんだけど、おじさんの聖鍵《せいけん》も取られちゃったみたいだしねぇ。無事に聖域まで辿り着いたとして、代行者は許してくれるかな、っと……！」

刀の柄《つか》へと手を伸ばす。注視するは魔王城の屋上付近。そこで変化が起こっていた。

「おっきな竜が1、2……いやいや、断罪者はよくあんなのと真っ正面からぶつかれたねぇ。おじさん泣きそうだよ」

黒い岩肌を晒《さら》す山のような竜と、神々しい三つ首の竜が城の上空に滞空して、口先をこちらへ向けている。明らかに息吹《ブレス》発射の予備動作、そして明らかに居場所が知られている。

――キュイン！

三つ首のうちの1つの首が、生還者の居場所よりも更に先、向こう側にレーザーのような青い光線を放った。地面へと着弾させて、弧を描いていく。みるみるうちに着弾箇所は凍り付いて、氷の壁を形成していった。

「退路を塞ぐ、か。まあ常套《じょうとう》手段だよねぇ。たぶん斬れるとは思うけど」

ここまで来れば、姿を草むらに隠す意味はない。生還者は立ち上がり、氷の壁ができ上がった方向へと走り出す。その間にも、竜の他の口は生還者を狙っている。

（でもこれ、おじさん休む暇ないんじゃ…）

生還者はそんな事を頭の隅に置きながら、迫り来る弾丸マグマの雨を斬り伏せ、走り続けた。

第二章 ▼シスター・エレン

――魔王城・修練場

生還者を泳がせ、ムドとボガにその追跡をさせて数日。ドクトリア王国からの人員が到着し、漸《ようや》く本格的な魔都グレルバレルカの復旧作業に入る事となった。別に俺が剛黒の城塞《アダマンフォートレス》で一から組み立て直しても良かったんだが、それだとほら、色合いとかに問題が。頑丈さなど砦《とりで》にするには申し分ないけど、これからこの国の人々が居住する街にするには、ちょっとばかし殺風景過ぎるんだよな。悪魔だって心があるのは義父さん達を見れば直ぐに分かる事、誰だって住むなら温かみのある場所が良いのだ。

まあ、そんな訳で復興活動の枠から外れた俺は、少しばかり時間を得た。前に言った通り、この空き時間を利用して課せられた使命を全うする所存だ。シュトラのゴーレムの微調整など、やるべき事柄は多い。だが、まず最優先ですべきは、そう――

「ケルヴィン、頑張りなさいよー！」

「まあ、パパと相打ちになったくらいだもの。これくらい楽々突破してほしいものね」

――試練の塔にて戦い逃してしまっていた悪魔四天王、ラインハルトとベガルゼルドとの熱きバトルである。やっぱりこれを先にしとかなきゃ、俺がスッキリしないのだ。バトルジャンキー故、致し方なし！

「もう、気になってる癖にまた素っ気ない振りして」

「何がよ？」

「だって、あんなに熱心に指導していたじゃない」

「……ケルヴィンは将来、セラ姉様の夫になるんでしょ？　生半可な強さでセルジュに殺されちゃ、私の気が散って仕方がないもの。今のうちに叩《たた》き込めるものを叩き込んでおいただけよ。大体ね、第5柱より先の使徒達《たち》は、色々な意味で規格外で――」

「それが素直じゃないって言うのよ、うりうり～」

「頰を突《つつ》くなぁ」

セラとベルが見物席で騒がしく見守る中ではあるが、俺の意識は眼前の悪魔に集中している。格好悪いところは見せられないからな。

「ベガ、ちゃんとわいに合わしぃや！」

「分かってるっての！　形態解放《トランス》ッ！」

ラインハルトが手にスケッチブックを持ち、指先で何かを描き始め、一方でベガルゼルドは開始早々に気配の気質を変えてきた。奴《やつ》の三つ目と手が妖しく発光している。ちなみに、帰省の際に2人と戦ったリオンやシュトラからは、敢《あ》えて情報を貰《もら》っていない。ワクワク。

「おし、全力でお願いするよ」

「あほう！　グスタフ様に認められた男相手に、手ぇ抜く暇ある訳ないやん！　初っ端《しょぱな》から全力でいくでぇ！　八脚の悪魔《ダゴン》！」

ラインハルトがスケッチブックを俺に向けてオープンすると、そこにはタコのようなモンスターが描かれていた。鉛筆画っていうのかな。凄《すご》くリアルだ。そんな感想を並列思考の片隅で考えていると、絵は段々と膨らんでいき――

「俺様が相手するぜぇ！」

スケッチブックに向ける俺の視線を遮るように、真っ正面から突っ込んで来たベガルゼルドが叫んだ。４つの拳を握り締め、結構な速度で連打を俺に浴びせる。

「ぬっ!?」

だが、連打の嵐が俺に届く事はなかった。空気の壁に拳は弾《はじ》かれ、ベガルゼルドは反動で後ずさりしてしまう。

（ベルから教わったこの結界、やっぱ面白いな）

俺の周囲に張り巡らしているのは、ベルの蒼風反護壁《ディセクトカウンター》の元の魔法であるＳ級緑魔法【粘風反護壁《リヴェエカウンターガム》】だ。固有スキルである『色調侵犯』の効力はない為、触れた対象に追加効果を与える事はできないが、魔王城をエフィルの爆撃とムドファラクの一撃から守護したゴム風の護《まも》りは健在。結界の範囲を狭めるほど粘風反護壁《リヴエカウンターガム》の作用は強まり、より外部から加えられた力に対して反発しようとする。今の結界は俺を覆う程度の小さなものだ。あの程度の攻撃じゃ割れる筈《はず》もない。

「んでもって、ふっ！」

「ぐうっ！」

蹴りに緑魔法で風を載せ、ベガルゼルドのがら空きな腹部目掛けて思いっ切り放つ。この戦闘法もベルに指導してもらった賜物《たまもの》の1つだ。まだ拙くはあるものの、俺は拳だけでなく蹴りにも魔法を付加できるようになった。今は緑魔法の風関連のみしかできないが、これはこれでなかなか。

「――っ！　が、が、がぁっ!?」

多重衝撃波《ハイパーインパクト》を一方向に固定して放てば、この通り俺の軟弱な蹴りでも、重量級のベガルゼルドが成す術《すべ》もなくぶっ飛んでいく。ベルみたいに斬撃を付与しても良いし、応用が利くのだ。

（次は……タコか）

ベガルゼルドの姿が彼方《かなた》に消えると、今度は巨大な青いタコが俺の視界に現れる。こりゃさっきスケッチブックに描かれていた絵だろうか。どこから見ても本物のモンスターにしか見えない。

「いけやぁ、八脚の悪魔《ダゴン》！」

やはりそうらしい。八脚の悪魔《ダゴン》とかいうオオダコが強靭《きょうじん》な触腕をくねらせ、四方八方から叩き付け地面ごと俺を粉砕しようとする。が、威力からしてベガルゼルドの拳よりも弱い。当然ながら結界に阻まれ、俺には届かない。いや、これは違う意図があるのか。

「ズガァアアア！」

修練場を覆いつくすほどの、大量のタコスミが辺りに満ちる。結界の恩恵で俺に直接降り掛かる事はないが、視界は完全に閉ざされてしまった。唯一視認できるのは、結界越しに見えるタコ足だ。幾本もの触腕で結界に巻き付き、触腕の吸盤で固定。それで反動から逃れ、強引に結界を圧迫しようという算段らしい。結界の外側にもピリピリと嫌な空気が充満している気がする。

(空気中に漂ってるって事は、毒とかガスかな。蛇っぽい見た目だし。……取り敢えず、流すか)

魔法で突風を巻き起こし、周囲の空気をある方向へと送ってやる。

「うが……!?　ラインハルト、てめぇ！」

ある方向とはベガルゼルドがいる方だ。最初に吹き飛ばしたベガルゼルドが復帰しそうだったからな。俺の代わりに空気の正体を体験してくれ。

「こいつ、わいの毒を……！　すまん！　けど自力で治せるやろ！」

「体内にある有害物質の除去は、時間掛かんだよ——前見ろぉ！」

「あん——!?」

粘風反護壁《リヴエカウンターガム》を解除した俺は、一直線にラインハルトに向かい駆け出していた。この結界、便利だけどその場に留《とど》まってしまうのが難点なのだ。範囲を広げるか消さないと動けない。え、八脚《ダゴン》の悪魔？ 解除の瞬間に烈風刃《ショットウインド》を撃ったら紙切れになっちゃったよ。元は紙だけに紙装甲っぽい。

「ガ、大牙《ガナパティ》の悪魔！」

ラインハルトが咄嗟《とっさ》に懐から1枚の紙を取り出す。紙にはこれまたリアルな象の、というよりはマンモスの絵。予《あらかじ》め準備していたのか。用意周到だと感心。

——ズガァーン！

地響きを鳴らしながら降り立つ巨体モンスター。その土煙に乗じてラインハルト自身からも、猛毒らしきガスが出ているのを見逃さない。マンモスのモンスターは紙だから毒が効かないんだろうか？ 毒の間近にいるのに、全く意に介していない。まあ、どうであれ結果は一緒だ。毒はベガルゼルドの方へ流してっと。

「させるか！」

「うおっ」

ベガルゼルドが三つ目からビーム出してきやがった。その目、そんな事もできんの？

距離あったから油断したな。ちょっと驚いた。

「躱《かわ》されてるやんけ！　って、わいの大牙《ガナパティ》の悪魔ー！」

的がでかいから、烈風刃《ショットウインド》も当てやすい。マンモスはオオダコ同様、複数枚の紙切れとなって毒ガスと共にベガルゼルドの方へと流されていった。あ、三つ目にガスが入ったっぽい。

「ベル、ちゃんと鍛えたの？」

「形にはなってるじゃない。不満？」

「いえ、ラインハルトとベガルゼルドの話よ。蘇生《そせい》させた時、一から特訓したんでしょ？」

「……パパが一番頑張っていたわね」

その後、俺は無事に未練を断つ事ができた。

◇　◇　◇

――魔王城・医務室
ここは魔王城内にある一室、簡易ベッドや薬品などの医療道具が並ぶ医務室だ。未練を断ったところで、倒したベガルゼルドとラインハルトに軽く回復を施し、セラに手伝ってもらいながらここまで何とか運んで来た。悪魔が住まう魔王城だけあって、ベッドのサイズも千差万別。ベガルゼルドはこのでかい簡易ベッドで良いかな。

「何でやぁ、わいの芸術達ぃ……何であんな簡単に負けるんやぁ……」

「ぐう〜！　医者の俺様が、仕事部屋で横になるなんてよぉ！」

肉体的には回復している筈なんだが、どうも精神面が不安定になっているようだ。特にラインハルト、絵を描く元気あるなら自分で歩けよ。絵画を寝たまま何枚も描いて——うわ、絵がさっきより凶悪になってる。

「ラインハルトったら、昔と変わらず絵が上手ね！　寝ながらもこの正確なタッチ、もしかすればリオンとも渡り合えるかも？」

「なぁ!?　あの嬢ちゃん、そんな名の知れた絵描きだったんですか!?　サ、サイン貰っておけば良かった……」

名は知れてないって。それに慣れないサインなんて強請《ねだ》られても、リオンが困ってしまうだろ。俺の経験がそう言っている。

しかし、ラインハルトの能力は絵の上手《うま》さと相まって賑《にぎ》やかなものだった。医務室に向かう途中でベルに聞いてみたら、『鳥獣戯画』という描いた絵を実体化させる固有スキルであるらしい。書き込めば書き込むほど、より本人が納得する出来になるほど実体化した絵は強力になって、俺の召喚術に似た、その場限りの配下として実体化する事ができるそうだ。ちなみにスケッチブックは何の変哲もない、ただの画帳との事。

「悔しがる元気があるだけマシかしらね。2人とも、まだ進化して間もないし」

簡易ベッドの傍らに置かれた椅子。そこに座ったベルが、サイドポニーに纏《まと》めた赤髪をいじりながらそう口にした。

「あれ、そうだったのか？」

「まあね。この2人は蘇生させた後で私が特訓してあげた口なんだけれど、進化してからそう時間は経《た》っていないの。ビクトールに毛が生えた程度の差よ」

「あれは地獄やったなぁ……」

「ああ、あれは地獄だった……」

悪魔が憂鬱そうな顔をしている。ベル、何をした？

「パパは率先してやってくれたわ」

「2人はあんな顔してんだけど？」

「セバスも喜んでやってくれたわね」

「そ、そうか……」

君、そんな晴れやかな表情もできるんだね。義父《とう》さんは兎《と》も角《かく》、セバスデルが喜んでいる時点で察しは付く。あまり深くは追及しない方がいいかもしれない。――ん？　ちょっと待てよ？

「……逆に考えれば、まだこの2人は伸びしろがありまくる？」

「あるわね」

「叩《たた》けば叩くほど？」

「伸びるでしょうね」

「……ふーん、そっか」

未来への楽しみ、ゲット。フハハ。

「ケルヴィン、どうかしたの？」

「いや、戦いの後でちょっと気分が良いだけだよ。さ、次はシュトラのゴーレムを見てやらないとな」

「ふふん、私も手伝うわ！」

「助かる」

「善は急げ、お先に！」

いつもの調子で白衣の眼鏡姿に超絶早着替えしたセラは、一足先にシュトラのもとへと行ってしまった。思い立ったが吉日とは、セラの為《ため》にある言葉だな。素で実行してる。

「ベガルゼルドの仕事服……？　セラ姉様、色々な服を持っているのね」

「ああ、あれはコスプレというか、そもそも医療白衣じゃなくて研究服みたいなもんかな」

「コスプレ？　何よ、それ？」

「形から入れば、不思議と意欲も湧くもんなんだよ。ベルも欲しいんなら、エフィルに頼めばオーダーメイドで作ってくれるぞ。セラの私服なんて、殆《ほとん》どエフィル印だ」

「ふーん。ま、気が向いたらね」

興味がないのか、ベルはさっさと医務室を出て行ってしまった。俺も早くセラを追わないと。

「それじゃ2人とも、今日は俺の我《わ》が儘《まま》に付き合ってくれてありがとな」

「礼はいらねぇよ。俺様はセラのお嬢に手を出した、命知らずな勇者を見たかっただけだ。ま、グスタフ様と引き分けただけはあるんじゃねぇか？」

「嘘《うそ》つけ、あわよくば一発殴るとかほざいてたやん。愛《いと》しのお嬢を、許さん！　とか言ってたやん」

「おう、まずはお前から落とし前つけろや、ラインハルト。傷口にアルコール塗りだくるぞ」

「おうおう、できるもんならやってみろや。そもそもさっきの模擬戦の時――」

――俺が悪かったのか、2人の言い争いが始まってしまった。ああっと、口喧嘩《くちげんか》ってよりは、戦いの中で悪かった点を振り返る反省会のような話になってるのかな。口調は荒々しいけど、指摘している箇所は間違っていない。セラの事を大切に想《おも》ってくれているようだし、子供に注ぐ愛情が嫌というほど伝わってくる。ビクトールもそうだったが、皆セラやベルを本当の娘のように可愛《かわい》がってくれていたんだ。

「こんのアホウ！　それでセラ様がショックで寝込んだらどうするんや！　ベル様だって病み上がりで心が不安定な筈《はず》なんやで。それが医者のする事かいな!?」

「アホはどっちだボケナスが！　お嬢達《たち》に悪い虫が付いたらそれこそ一生もんの心の傷だ！　その前に俺様が相手を診断するのはたりめぇの事だろが！」

……い、居づらいな。俺も退散するとしよう。しかし、過保護とは伝染するもんなのかね。ま、2人とも早く元気になって強くなってください。それだけが俺からの要望です。

「やっと来た」

「うおっ!?」

俺が医務室を出ると、壁を背に寄りかかりながらベルが待っていた。気配が全くなかったから、かなりビックリした。お前、先に部屋出て、待ち伏せしてたのかよ。

「失礼ね。化物に会ったみたいな顔して」

ドヤ顔して言う台詞《せりふ》じゃないよ。隠密《おんみつ》まで使って明らかに驚かせに来てるよ、この娘。

「確信犯が何を言うのか……で、どうしたんだ？　待ってたって事は、何か用があるんだろ？」

「ええ、ちょっとね。今、メルフィーナは別行動中かしら？」

「メルか？　確か、コレットと一緒に城下町で布教活動、もとい、食の素晴らしさを説いて回っていたかな？」

「は？」

メルフィーナはドクトリア王国において、今や飲食業界のアイドル的存在になっている。そんな女神様は奈落の地《アビスランド》全土の調理技術や食文化が遅れているのを嘆き、『調理』スキルの大切さや、それに連なる食の向上を訴えているんだったか。コレットを広報担当に任命して、実際に究極に美味《うま》いエフィルの料理を食べさせる事で体験させるとか、色々と策を巡らせているらしい。地元の料理人達もかなり協力的だ。

まあ、うん。確かに奈落の地《アビスランド》ではビクトール以外に碌《ろく》な料理人を見た覚えがない。シルヴィア達の料理に比べれば格段に上だが、それでも頑張れば食えない事はないレベル。下を向いたらきりがないのだ。この活動で広く食について関心を持ってもらえれば、戦いに明け暮れ殺伐としていた奈落の地《アビスランド》の雰囲気を打破できるかもしれない。ベルを魔王化から助け出したからか、義父さんからの支援も手厚い。活動を通してなぜかリンネ教も順調に広まっているらしい。でもさ、それでも俺はこう言わざるを得ない。

「――何やってんだ、あの女神……」

「それ、私の台詞なんだけど。まあ、いいわ。近くにメルフィーナはいないのね。セラ姉様のところに行く前に、ちょっと面を貸しなさい。あっちにおあつらえ向きの部屋があるから」

ごはんは大事

「おい、だからどうしたんだって？」

「メルフィーナは義体だし、貴方《あなた》に話せないみたいだったからね。その代わりよ。付いて来なさい。『黒の書』について、私が詳しく教えてあげる」

◇　◇　◇

――魔王城・議場

ベルに連れられて部屋に入る。立派で髑髏《どくろ》意匠な長テーブルに、これまた立派で髑髏意匠な椅子がずらり。会議室とかそんな感じの部屋かな。分厚い壁には防音が施されているっぽいし、ここなら内緒話には最適だろう。

「適当に座りなさいな。水はセルフでどうぞ」

水が入っているらしいポットとコップが、テーブルの上に幾つか置いてある。マジックアイテム、かな？　微弱ながら魔力の形跡を感じる。お、冷え冷えだ。それに、重さはないのに幾らでも出てきそうだ。保管機能を使ってポットに水を入れているのか。贅沢《ぜいたく》な使い方である。

「私の分もね」

「セルフじゃなかったのかよ……ほら」

「ありがと」

ベルの分もコップに水を注《つ》いでやり、対面の席に座る。さて。

「それで、黒の書について教えてくれるんだったか？　代行者がエレアリスを復活させる為に使っているとかいう」

「ええ、そうよ。ちなみに、貴方はどれくらい知っていたかしら？」

「どれくらいと言ってもな……」

正直なところ、黒の書が一体何なのかまではまるで知らない。対象を魔王にしてしまう曰《いわ》く付きの代物、エレアリスが復活する特殊な魔力の元となる魔力回収機――義体のメルフィーナが喋《しゃべ》れないって事から、知ってはいけないような禁忌に当たる事柄だと推測はできる。

俺は頭に浮かび上がったそれらを、大雑把にベルに話した。

「うん。少なくとも、貴方の考えは大方間違ってはいないわね。黒の書は周期的に姿を変えて出現して、力ある者を魔王にしてしまう。パパの時は敵の城を落とした時に押収した宝の山の中に、ゼルの時はそのまま書の形で現れたんだったかしら？　アンジェの調査じゃ、ゼルは意外と読書家だったらしいからね。ま、妥当でしょう」

その辺の血はシュトラにも引き継がれているな。屋敷の私室とか、ヌイグルミの次に多いのは本だ。それも難解過ぎて俺は読めないレベルのものばかりだった。……アズグラッドやタブラとか、他の兄達がそういうタイプじゃない分、シュトラにばかり遺伝したとか？

「それと、魔力回収機って言い回しは言い得て妙ね。それも正解。前の転生神であったエレアリスが、封印されて今どんな状況に置かれているかまでは、私も知らされてない。けど、この世界の神であっただけに、そこいらの魔力じゃどれだけ集めたとしても、てんで足りないの。魔力馬鹿なケルヴィンが全力を出したって、メルフィーナの本体を召喚できないように、ね」

「そのロジックじゃ、俺がいくら頑張っても、一生メルを召喚できなくなるんだが……」

「そう悲観しないでよ。今も元気に女神してるメルフィーナの本体と、封印されて安否も所在も分からないエレアリスじゃ、同じ神でも降臨させるのに必要な魔力量が違うでしょ。これは私の勘も混じっているけど、たぶんエレアリスよりは楽だと思うわよ？」

「それは心強い助言だな」

今のところ、セラやベルの勘が外れた例はない。俺はその言葉を信じて努力するしかないか。

「話を戻すわよ。神を復活させる為に、代行者が目を付けたのが例の黒の書だったの。ここからが義体じゃ話せない内容になるから、無暗《むやみ》に口外しない事ね。恐らくは、メルフィーナもあまり知られたくない内容でしょうから」

「ああ、分かってるよ」

もともと他人に話す気はないし、メルが嫌がるなら尚更《なおさら》だ。

「『邪神の心臓』には、遥《はる》か昔に封印された邪神が眠っている。神々との戦争で邪神は負けはしたけど、その力は神々と同等だった——よくある伝説の定番のようなお伽話《とぎばなし》だけど、これって本当にあった話らしいわ。実際に、聖域の外にある大空洞は歪《いびつ》な魔力で溢《あふ》れていたし」

「ノンフィクションかよ。今まで聞き流していたけどさ、邪神って何なんだ？」

「元々は神の1人だったとか、悪魔達の大本となる大悪魔だとか、神々が誤って作ってしまった生命体だとか、色々と逸話があるわね。まあ、私も邪神が何なのかまでは知らないわ。この世界ができる神話の頃の話だし」

知らないんかい。いや、そこはあまり重要ではないのか？

「兎《と》も角《かく》、邪神は神々にとって目の上のたんこぶなのよ。争った時にいくつか世界を崩壊させたとか、神々側にも被害があったらしくてね。その上、邪神を完全に滅ぼす手段が神々にはなかった」

「世界の崩壊とかスケールでかいな……神でも無理だったのか？」

「下界に墜《お》ちた邪神に、直接手を出す事ができなかったらしいわ。ほら、メルフィーナも義体じゃないと下界に来れないでしょ？　そんな感じでしょ、ニュアンス的には」

そこ、義体ルール適用されるんすね。まあ、神話とか曖昧な話も多いし、本当かはどうでもいい話か。

「だから、神々は邪神にその時に可能だった最高の封印を施した。その跡が邪神の心臓と呼ばれる大空洞になったそうよ。ホント、大掛かりな封印よね」

「封印か、封印——大空洞ができる封印って、最早《もはや》攻撃になるんじゃないか？」

「……」

「……」

「——封印は、邪神を封じるには十分なものだった」

あ、スルーされた。

「だけど、邪神には特殊な性質があったの。悪意や怨念、そういった負のエネルギーを世界から吸い出して、自分のものとする力。刹那の時間では破れない封印も、数十年数百年ともなれば侮れない力になる。当時の神々は邪神のその性質をまだ知らなくて、封印から暫《しばら》く経《た》った後にモンスターから悪影響が出た事で、漸《よう》く事の重大さに気が付いた。凶暴で凶悪な奴《やつ》らが頻繁に、それこそ我が物顔で人間の街を襲うようになってからね。それでも、前述の通り神々は直接モンスターに手を下す事ができない。デラミスの巫女《みこ》と異世界の勇者はこの辺りから生まれたとか、そんな小事があってこの場は乗り越えたようね。ま、対応が遅れた分、人間の半分は死んじゃったみたいだけど」

小事じゃなくて大事だよね、それ。しかし、巫女と勇者のルーツでもあるのか、この話。

「でも、それは所詮その場凌《ばしの》ぎの対策にしかならなかった。強力なモンスターは次々に現れるし、邪神の心臓には負のエネルギーが次々と流入していった。神々は苦心しながらあれこれ考えたそうよ。それで遂《つい》に考え付いたのが――」

「――黒の書、か？」

「あら、知ってたの？」

「いや、話の流れから何となくそうかなって」

「ふーん、察しが良いわね。黒の書は曰く付きのアイテムでも、呪われし冒瀆《ぼうとく》的な代物でもないわ。神々自らが作り出した、邪神の封印を促進させる為《ため》の神器よ。モンスターの凶暴化が起きるのは、邪神が世界から吸い出した負の力が蓄積してしまったから。それならば、邪神に向かう筈の負のエネルギーを黒の書を持つ者に集約させて、解放と同時にエネルギーを負から正へと裏返させれば良い。黒の書は封印された邪神からさえも溜《た》め込んだ負の力を吸い出して、世界の危機を救った。邪気のせいか書を持つ対象には『天魔波旬』なんて悪影響が出ちゃったけど、それは勇者の異世界による力が解決した。黒の書は世界の汚染の度合いによって、周期的に下界へ現れるように設定されているから、邪神がいくら待とうと、復活するに足りる力は永遠に回って来ない」

「魔王となった者を生贄《いけにえ》にして、世界が救われる。……そういう事か？」

「そうよ。一応、黒の書は負のエネルギーを集めやすい者、つまり巨悪になり得る者を選定するらしいけど、これぱかりは実際どうなのか分からないわね」

「……」

メルフィーナが昔言っていたっけな。魔王の出現は覆す事のできない、自然現象のようなものだと。そうか、メルフィーナはあの時、これを言っていたのか……

「……これも一応、言っておくわね。黒の書を使ったこの世界の営みは、メルフィーナが神として就任するずっと以前から行われてきた事よ。エレアリスの時だって、その前の神の時だってね。古《いにしえ》の神々が取り決めた絶対のルールだから、今の転生神はこれを曲げる事ができない。……だから、そんな難しい顔をしなくてもいいのよ」

「ああ、悪い。そんな顔をしていたか？　大丈夫だ、続けてくれ」

これでも未来の旦那さんだ。メルフィーナを支える。その気持ちは絶対に変わらない。ただ、自由に振舞っていた裏側での想《おも》いを考えると、ちょっと心苦しく感じてしまった。

◇　◇　◇

ベルはコップに注がれた水を一口飲み、ゆっくりとした口調で再び話し出した。

「負の力に染まった魔王を倒せば、放出した魔力を黒の書が吸収する。その時点で黒の書はこの世界から姿を消して、次に役割を全うするその時まで、長い時間を掛けて吸い出した魔力を浄化していくの。裏返った魔力は世界へと返され、また循環していく……これが黒の書の正しい使い方よ、本来のね」

「本来のって事は、今はそうじゃないんだよな」

「そうね、貴方も見たでしょ？　生還者が黒の書を持っていたのを。アレ、魔王ゼルが倒されて消え去る前に、アンジェがトライセンの城から回収していたのよ」

「……黒の書に秘めたその魔力を、エレアリスの復活に充てる為、か」

「正解」

　邪神が集めようとした魔力を、神様を復活させる為に活用する。確かにそれなら通常の方法では無理であろう、途《と》轍《てつ》もない魔力が供給できると思う。ゼルが魔王化した時のものに加え、完全でないとはいえベルの分も入っているんだ。だが――

「――それだと、黒の書に溜め込んだ魔力は浄化されていないんじゃないか？　本来は長い時間を掛けてするんだろ？」

「さあね。神の復活にそんなエネルギーを使って良いかなんて、私にも分からない。ただ、代行者は黒の書の浄化を待つ気はないみたいだった。でなければ、守護者や生還者を使ってメルフィーナを聖域に招待しようなんて、絶対に思わないでしょうし」

「まあ、そうだよな……」

駄目元でメルフィーナに相談してみるか？　義体の制限で話せなくとも、表情や仕草で何か察せる事があるかもしれない。

「私が黒の書で知っている情報はこれくらいね。ああ、そうだ。私の知る残りの使徒の情報も教えてあげるわ。精々役立てなさい」

今残っている他の使徒について、ベルが説明してくれた。アンジェが使徒を抜けた後に知った話も含め、事細かに。……ここ最近で何となく感じ始めてはいたんだが、ベルってかなり面倒見が良いんじゃないか？　アンジェも良い子だと褒めちぎっていたし、今となっては出会い頭のツンツンは錯覚だったのかと思えてしまう。情報、本当に助かります。

早速アンジェの話と統合して、こう――よし、配下ネットワークに貼り付け！

序列第10柱『統率者』

実名はトリスタン・ファーゼ。代行者より授けられたギフトはベルにも知らされておらず不明だが、どうも召喚術関連のものらしい。トリスタン自身の戦闘力はそれほどでもなく、使徒の中では最弱クラスな模様。地上にて各地を回り、配下を見繕っている。根城の聖域には基本的にいない。

序列第9柱『生還者』

実名はニト。代行者より授けられたギフトは『帰死灰生《きしかいせい》』。自己申告ではエレアリス、もしくは代行者を倒さない限り無制限に生き返るといったスキルだったが、どうも話と齟齬《そご》がある。ベルの所見では、嘘《うそ》を吐《つ》いている様子はなかったとの事。能力を抜きにした戦闘力はベルよりも下。現在ボガ、ムドファラクから逃走中。任務以外の時は聖域内で寝ている事が多い。

序列第5柱『解析者』

実名はリオルド。代行者より授けられたギフトは『神眼』。隠蔽や偽装を無力化し、更には魔眼系統のスキルを自在に使えるという。ベルやアンジェは直接実力を見た事はないらしいが、2人ともあまり戦いたくないタイプだと口を揃《そろ》えて言っていた。西大陸に未《いま》だいるようで、根城に顔を出した事も殆《ほとん》どない。

序列第4柱『守護者』

実名はセルジュ・フロア。代行者より授けられたギフトは『新たなる旅立ち』。ひと月に一度だけ、死を無効化して指定した場所に戻る事ができる離脱スキル。その他にも固有スキル『絶対福音』を所有する使徒最強の実力者。いつも聖域で代行者を護《まも》っている為、戦闘は避けられないと思われる。

序列第３柱『創造者』

実名はジルドラ。転生者でないからか、代行者より授けられたギフトはない。代わりに固有スキル『永劫回帰《えいごう》』で他人の体を乗っ取る事ができる。条件は対象がある程度疲弊している、対象の素性を知っている、対象の頭に手を置いている、一度発動するとある程度のクールダウン期間が必要である事の４点。ジルドラが、というよりも聖域内の研究施設にあるゴーレムが厄介。研究所内にはトライセンで戦った青いゴーレム級の機体が幾つもいるらしい。ここ最近は自身の研究所に籠って、何かの研究を続けているとの事。こいつも聖域内で出くわす可能性大。

序列第２柱『選定者』

実名は不明。アンジェもそうだったが、やはりベルも聖碑越しの声しか聞いた事がないという。代行者のみが所在を知っている？　当然ながら、代行者より授けられたギフトや実力も不明。聖域内でそれらしき気配はしないらしく、どこか別の場所にいる可能性が高い。

序列第1柱『代行者』
実名はアイリス・デラミリウス。エレアリスより『転生術』と『神の十指』を授けられている。神の十指は転生術の付属スキルで、転生した相手に強力な固有スキルを与えるというもの。同時に付与できるのは10回までで、それ以上行う場合はギフトを贈った対象が死ぬ、もしくは対象からスキルを回収しなくてはならない。回収は対象の近くに代行者か守護者がいれば、可能なんだそうだ。聖域の最奥にてエレアリスの復活を目論《もくろ》み、メルフィーナを待つ。

◆

アンジェやベル、エストリアが使徒を離反したとはいえ、まだまだ一癖も二癖もある奴らが残っている。こいつは骨が折れそうだ。

「……嬉《うれ》しそうね？　さっきの顔が嘘みたい」

「え、そうか？」

「口の端が無駄につり上がっているわよ」

すみません、無自覚でした。

「分かっているとは思うけど、使徒の全員が聖域にいる訳じゃないわ。中には選定者のように行方知らずな奴《やつ》もいるし、解析者や統率者は地上で自分の任務に当たっている。まあ、私の情報が全部正しい訳じゃないけど、重要なのはあくまでエレアリス復活の阻止なんでしょ？　戦うべき相手、すべき行動は弁《わきま》えなさい」

「は、はい……」

「そもそもね、貴方《あなた》は戦いに傾倒し過ぎる傾向にあるのよ、ケルヴィン。パパの誘いにまんまと誘導されて、試練の塔で平気で連戦するし。ある程度冷静なところを見ると、どこかでブレーキを掛けて反省はしているようだけど、まだ足りないわ。もしもの事があって残されるセラ姉様の気持ちを――」

おかしい。いつの間にかお説教が始まってしまったぞ？　どれも的を射ているだけに、とても俺の心に突き刺さる話ばかりだ。

「――ケルヴィン。貴方、自分よりも強い奴がいなくなって欲求不満気味？」

ぎくっ。

「やっぱりね。今や貴方は神の使徒にも勝てるまで実力を付けた。悪魔でも最上位の存在であるパパにも勝ったくらいだしね。この奈落の地《アビスランド》においても、もう相手になるのは竜王くらいなものでしょう」

「ええっ……」

こ、ここは夢の国ではなかったのか？

「残念がるな。それだけの力がある自覚をして――」

不味《まず》いな、長引きそうだ。このままではセラとの約束に遅れてしまう。……ちょっと反撃しますか。

「悪かった。でもさ、ベルも自己犠牲はもう止《や》めてくれよ？　セラや義父《とう》さん、あと家庭教師四天王が悲しむ」

「わ、分かってるわよ！」

よし、そっぽを向かれた。うーむ、ここの悪魔は利他的な奴らばかりで困る。

◇　◇　◇

――ケルヴィン邸
簡易転移門を使って一旦屋敷へと戻った俺は、私室に置いてある書物を目当てに地下の階段を上って行く。すると、暫《しばら》くして濡羽《ぬれば》色《いろ》の髪と、透き通った白い肌を持つ美人さんを発見。近頃、メイドとしてめきめきと頭角を現してきたロザリアである。何かを探しているようだ。
「あら、ご主人様。お帰りなさいませ」
「ただいま。ロザリア、探し物か？」

「探し物といいますか、どちらかといえば捜し人ですね」

「あー……フーバーか」

「恥ずかしながら。またどこかで無精をしているようでして……ですがご安心を。見つけましたら、しっかり教育しておきます」

　そう話すロザリアの右手には、冷気が荒々しく舞っている。うん、良い冷気だ。

「教育も程々にな。そういやさ、ムドファラクに続いてボガも竜王になったよ」

「まあ、本当ですか？　……祝福すべき事ですが、少し嫉妬してしまいますね。竜騎兵団にいた頃は、まだまだあんなに幼かったのに、今ではすっかり追い越されてしまいました。ダハクも焦っているのでは？」

「焦り半分、残りはやる気に回ってる感じかな。勝手に飛び出して、今は土竜王のところに行ってるよ。もしかすれば、帰って来たら竜王になってたって事もあり得るかもな」

「む、ダハクはダハクで努力しているのですね。私とした事が……」

　いつも気高いロザリアにしては、珍しくも赤面して恥じらっている。お前の中でダハクはどんな悪戯《いたずら》小僧だったんだ。一応はあの頃から、竜の頭を張っていたんだろうに。ヤンキー成分高めだけど。

「それなら、ロザリアも竜王を目指したらどうだ？　今は無理だが、時間ができたら協力するぞ？　うちのメイドの戦力強化なら、望むところだ」

ロザリアは白銀竜で氷の息吹《ブレス》を使うから、目指すとすれば氷竜王が妥当か。どこにいるかは知らんけど。

「嬉しい申し出ですが、未熟な私ではまだまだ母に勝てるとは思えません。暫くはメイド力と実力の向上に努めたいと思います」

「そうか……待て、ロザリアのお母さんは竜王なのか？」

初耳です。

「そういえば、まだご主人様にはお話ししていませんでしたね。私の母は西大陸の『レイガント霊氷山』に巣を置く氷竜王サラフィア。あの背中は遥《はる》かに遠いです」

お母さん、氷竜王だったのね。ダハクの父親も闇竜王だそうだし、竜王とは割と近所にいるような身近な存在だったんだな。所在が分からないのは、風竜王と雷竜王くらいになってしまった。

「実のところ、私とアズグラッドが一緒にいたのは、母から授かった修行の一環でもあるのです」

「アズグラッドっていうと、竜騎兵団の事か？」

「はい。人の世話をするのも竜の使命と、厳しく言い付けられていまして。人の世と深く交わる事で、経験し学んで来いと……ふふっ、母らしい言葉です」

「人の世話、か。解釈次第では、メイドは天職だったんじゃないか？」

話を聞く限り、氷竜王は良識的な考えの持ち主のようだ。ッチ、火竜王のように喧嘩《けんか》を売る訳にはいかないな。今のところ、そうする理由がない。

「ええ、そうかもしれません。母なんて人里から赤子を攫《さら》って育ててしまうほど、母性に溢《あふ》れていましたから。懐かしいですね、私とアズグラッドの出会いもそうでした」

「……待って、ちょっと待って。色々と内容が明後日《あさって》の方向に行ってない？」

「はい？」

氷竜王の奇行もそうだが、ロザリアとアズグラッドとの出会いがそれって、あいつ赤ん坊の時に氷竜王に攫われて、そのまま育っちゃったの!?　野生児ってやつですか!?

「ひょっとして、アズグラッドが竜の騎乗が妙に上手《うま》いのって……」

「幼い頃から私と練習していましたからね。自分の体で走るようなものでしょう。アズグラッドの成長を見守った私にとって彼は弟、いえ、息子にも似た感覚を抱いています。トライセンに帰った今でも、母とは家族としての繋《つな》がりがありますし、ルノアの事も気に入っていましたね。山に巣くう害虫を駆除してくれたとかで、生涯に一度しか与える事のできない竜王の加護を与えるほどでしたから」

シルヴィアが氷竜王の加護を持ってたのって、そこが発端だったのかい。何気ない話から新事実が次々と発掘されていく。

「ああ、そうです。ご主人様、せっかくムドファラクとボガが竜王になったのですから、加護を頂戴しては如何《いかが》でしょうか？　竜王の座に就けたのもご主人様のお蔭《かげ》ですし、2人とも喜んで授けてくれると思いますよ」

「竜王の加護か。そうだよな、加護があったんだよな……」

「……？　何か問題でも？」

やべぇ、すっかり忘れていた。今、ムドとボガは生還者のおじさんを絶賛追跡中だ。召喚術を解除する訳にもいかないし、これは事が終わるまで待つしかない。

「いや──……2人とも別件で別行動中でさ。戻って来たら頼んでみようかな」

「あら、そうでしたか。ですが、竜王の加護を受けるメリットは大きいですよ。メイド長を傍《そば》に置くご主人様なら既に実感されていると思いますが、その系統属性の威力が増し、その上敵の攻撃は殆《ほとん》ど無力化する事ができます。魔法を嗜《たしな》まれるご主人様にとって、これほど強い味方はそうないかと」

ええ、実感済みですとも。火竜王の攻撃を正面から食らっても、メイド服が破損するくらいで、エフィル自身は平然としていたからな。仮に俺が加護を受けるとすれば、やっぱムドからだろうか。白魔法的に。しかしな、エフィルに心酔しているあいつが俺に加護をくれるかは、少し不安要素でもある。一応、主は俺なんだけど……ま、何とかなると信じよう。

「加護を与える……甘美な響きですね。私もいつか、そのような時を迎えたいものです」

「ま、まあ挑む分には問題ないだろ。現役のムド達《たち》の強さを目安にして、頑張っていこう」

「はい、僭越《せんえつ》ながら努力致します。それではご主人様、私は引き続きサボり魔フーバーを捕らえてきますので。もし発見されましたらご連絡ください。では――」

深く礼をした後、ロザリアは粛々と屋敷の奥へと消えて行った。じゃ、俺も地下のゴーレム製作部屋へと行きますかね。

◇　◇　◇

「お前、ここにいたのか……」

「あ、あはは……ご主人様っ、見逃してください！」

目的の部屋に到着すると、そこにはミニスカメイドのフーバーが、物陰に隠れるように息を殺していた。尤《もっと》も、ここにはセラ達もいる為《ため》、隠密《おんみつ》活動がまるで意味を成していない。

「私が来る前からここにいたのよ。フーバー、ここの入室許可なんて出してたかしら？」

「いや、出してない筈《はず》だけど……さては誰も来ないのを良い事に、俺の留守中のサボり部屋にしていたな？」

「うう、そうです。はい……」

こりゃ後でエリィとロザリアに絞られるな。まあ、メイド業が大変なのは承知しているけど、ここまで堂々とサボるとは御見逸《おみそ》れした。ぎゃくに天晴《あっぱ》れである。でも罰は受けような。

「取り敢《あ》えず、俺らが帰って来たらエフィルの賄い飯、フーバーだけ1ヶ月抜き」

「なあっ……!?」

「あとの処理はエリィ達に任せるよ」

「メ、メイド長の賄いが、唯一の楽しみがぁ……」

そこまで落ち込むならサボるなと。まあ、この部屋も立ち入り禁止にはしているものの、重要なアイテムなどはクロトの保管に入っているから、それなりに高い機材くらいしかないんだけどね。

「フーバーはさて置き――皆、準備は良いか？」

「お兄ちゃん、私は大丈夫だよ」

「ふふん、コレットは確保して来たわ！」

「メルフィーナ様にお手伝いするよう神託を授かりました。全身全霊を尽くします」

ヌイグルミを抱えながらちょこんと座るシュトラ、メルフィーナを食べ物で買収して、コレットを借りてきたセラが心強い声を上げる。皆白衣である。

「ちょ、ちょっと……何で私も呼ばれたのよ？　それに、何よこの格好!?」

その中でただ1人、なぜか戸惑っているのは白衣姿のベルだった。うん、駄目元だけど着てくれたのね。

「いやー、セラが是非とも研究班にベルを招きたいって聞かなくてさ。エフィルに頼んで即席で作って貰《もら》ったんだけど、ピッタリだな。似合ってる似合ってる」

「良いわね。流石《さすが》は私の妹！」

「うう……」

格好から入れば気合いも入る。決して俺の趣味とかそういうのではない。どちらかと言えばセラの趣味だ。そしてやるからには本気の本気。俺らの全力を以《も》って、シュバルツシュテレを最高のシュトラ仕様に仕上げてやる。目指せ、ジルドラ越え。

◇　◇　◇

――魔都グレルバレルカ・血の噴水前

屋敷から奈落の地《アビスランド》に戻って更に数日。この間、俺達はシルヴィアとの約束を守る為に、捜し人であるシスター・エレンの情報収集に努めていた。グレルバレルカ周辺は勿論《もちろん》の事、ドクトリア王国の王であるガリアにも協力を願い、手の届く他国まで調査してもらう手筈《てはず》だ。セラから義父さんにお願いして、義父さんがガリア王に命令するまでが、とてもスムーズで感心してしまったよ。翌日には調査報告が上がっている見事な仕事振りである。

　俺はリオン、アンジェと共に復旧したばかりのグレルバレルカ名物、血の噴水前でこれら資料を纏《まと》めている。いや、遊んでいた訳ではないんだ。気晴らしに2人と散歩していたら、悪魔の使いが突然現れ、調書を渡すだけ渡して消えてしまったのだから。あの悪魔の様子を見るに、恐らくかなり急いでいたんだろう。形式上、元暴れん坊魔王な義父《とう》さん直々の命令だったから、かな？　うーん、申し訳ない、悪魔諜報員《ちょうほういん》よ。

　とまあ感謝の念を捧《ささ》げつつ、血の噴水の縁《ふち》にてリオンとアンジェの間に座り、調書を広げる。

「んー……銀髪のそれらしき女性の目撃情報なし、宿に宿泊した形跡もなしか。どの街にも寄らずに旅してたとか？」

　調査の結果、ここら一帯でシスター・エレンに関わる情報を見つける事はできなかったようだ。銀髪の美女であればかなり目立つと踏んでいただけに、やや肩透かしを食らった感じである。

「私も時間の合間に探してみたけど、結果は同じ。見つからなかったというよりは、元々こっちに来てないんじゃないかな？」

「来てない？」

「シルヴィー、エレンさんはトラージの天獄飛泉《てんごくひせん》から奈落の地《アビスランド》に向かったって言ってたもんね。たぶんだけど、僕達が煉獄炎口《れんごくえんこう》から無限毒砂《むげんどくさ》に到着したみたいに、天獄飛泉《てんごくひせん》側の入り口はまた別の場所に繋がっているんじゃないかな？　それだと、ドクトリア王国には来ていない事になるよ」

「あー、そうだったな、確かに」

いかんいかん。近頃趣味に没頭し過ぎていたせいか、そんな基本的なミスを犯してしまうとは。頭のネジを締め直さなければ。

「まあまあ、そんなに落ち込む事もないよ。シスター・エレンが絶対にトラージ側から行ったって、そんな保証があるもんでもないんだし、これはこれで彼女の後を追う裏付けになったんじゃないかな？　お姉さんはそう思います」

「僕も僕も！」

「ははっ、励ましてくれてありがとな。俺もそう思う事にするよ。それじゃ、刀哉《とうや》達のペンダントにこの文章を送って、と」

弟子４人のものと同型のペンダントを取り出し、実行する。

「あれ？　そんな機能もあったんだ？」

「メルが変に凝っちゃったみたいでさ。俺も後で聞いたんだけど、他にも色々と多機能化しているそうだ」

「け、携帯電話みたいだね……」

うん、確かに。宛《さなが》らこれはメールだろうか。刀哉達には説明していなかったけど、まあ気付いてくれるだろう。何せ、奴《やつ》らは現役高校生、それも4人。こういった機能には詳しいのではと、勝手な偏見。

「それにしても銀髪かぁ、ちょっと憧れちゃうな」

「待て、リオン。その感情は一時の過ちだ。リオンはリオンのままが一番だ」

お兄ちゃん、髪を染めるなんて許じませんよ。

「あはは、本当にそうしようなんて思ってないよー。僕がやっても似合わないだろうしね。でもさ、エレンさんって銀髪なんでしょ？　シルヴィーやコレットも綺麗《きれい》でサラサラな銀の髪だし、やっぱり女の子としては憧れちゃうよ」

「うん、その気持ちお姉さんも分かるかも。憧れちゃうよね！」

「そんなもんなのか？」

「「そんなもんだよー」」

リオンとアンジェはすっかり意気投合してしまっている。ま、まあ憧れるだけなら自由なのかな？　シルヴィアとコレットが綺麗で可愛《かわい》いのは疑いようもない事ではあるし、2人とも、黙っていれば神秘的な容姿をしているからな。うん、食べ物や崇拝する女神に釣られたりしなければな。

「あ、そうだ。銀髪といえば代行者もそうだったよ。床まで届きそうな長さでさ、お手入れが大変だよ、きっと！」

「へ〜、僕としては長い髪も憧れちゃうなぁ。あ、そうだ。あり得ないけど、シスター・エレンは実は代行者だった！　とか、あるかな？」

「あはは、リオンちゃんの発想力は凄《すご》いね。流石のアンジェさんも、それは思い付かなかったよ」

「アンジェは元同僚だから、そういう発想をするのは尚更《なおさら》難しいだろ。それに、代行者ってデラミスの巫女《みこ》の先祖なんだろ？　それならその末裔《まつえい》であるコレットと同色だったとしても、何ら不思議じゃないさ。容姿も似ているのか？」

「うーん……そうなんだけど、コレットをもっとこう、たわわとさせた感じかな？」

「たわわ？」

「……胸がね」

「あ、そうなんだ……」

「「……」」

ねえ、お願いだから胸の話になった途端、沈黙するの止《や》めて。2人の間に挟まれている俺は、どんな反応をすればいいのさ？　俺だけ置き去りにされちゃってるよ。

──ピロリロリン♪

「「？」」

そんな沈黙の中、俺達の脳内にひと昔前の携帯のような着信音が鳴り響いた。俺にとっては渡りに船な心境だけど、メルフィーナ先生のセンスだろうか、この音は。

「お、雅《みやび》からか。やけに返信早いな、おい」

しかもよく見れば、メール文章じゃなくて通話になってるじゃないか。雅の奴、説明を受けた俺よりも使いこなしているような……いや、それ以前に俺も、通話機能があるとは知らされていないぞ。後でメルに問い質《ただ》さなくては。

「あーっと……雅か？」

見た目は普通のペンダントなだけに、使い方がこれで合っているのかと、やや不安になりながら声を掛けてみる。

『……やっぱりこれが電話になってた。ちょっと待って、刹那《せつな》と代わる』

念話のような感覚で頭に入ってくるな、これ。アンジェとリオンにもしっかり聞こえているようだ。

『え、私が出るの？　これ、電話？　携帯電話なの？　だ、大丈夫？　触っても壊れない？』

『大丈夫。本物じゃないから、刹那の機械音痴スキルは発揮されない。思う存分電話して』

『で、でもやっぱり雅が出て。私が未《いま》だにガ、ガルケー？　なのは知ってるでしょ！　無理、無理よ！　雅はレインも得意でしょ？　お願い！』
『ガラケーなのは知ってるし、今はラインも関係ない。私は奴と積極的に会話したくない。
大丈夫、そこから話すだけでいい』
『本当に本当っ!?　急に爆発したりしない!?』
高性能も考えものか。しっかり音を拾ってる。それに何か、かなり取り込んでいるな
……雅が俺を嫌っているのはいつもの事として、刹那の焦りようが凄い。彼女が落ち着く
まで、俺達《たち》は黙って顔を見合わせ、待つ事しかできなかった。
『も、もしもし。刹那です。ケルヴィンさん、ですか？』
「ああ、そうだよ。えっと、大丈夫そうか？」
『な、何とか頑張ります』
……大丈夫だろうか？
「俺が送った文章は読んでくれたか？　こっちでも調べはしたんだが、全くシスター・エ
レンの足取りを追えなくてさ」
『ええと……あ、はい。皆も確認できました。シルヴィアさんとエマさんがとても感謝し
ています。ここまで詳細な調査報告があれば、大分範囲を狭められるって。でも、本当に
凄いですね。短期間でどうやってここまで？』
「……企業秘密だ」

悪魔の国を総動員させたとか、そんな事を言っても信じてくれないだろう。黙っとこ。

「そっちはどうだ？　何か手掛かりになりそうなものは見つかったか？」

『私達も国々を回って色々と調べたのですが、それらしき情報はあまり摑《つか》めてなくって……』

「そうか……」

『あ、でも1つだけありました。通りすがりのキャラバンの子供から聞いた話で、あまり信憑性《しんぴようせい》はないんですが……遠目に、それもその子が見たというのも相当昔のようでして、うろ覚えな話だったんですよ』

「構わないよ。聞かせてくれ」

『それがですね、銀髪の綺麗な女の人が、奈落の地《アビスランド》では稀有《けう》な白い法衣を羽織って、邪神の心臓という場所に向かったと言っていまして。そこは悪魔の間で禁忌とされる、危険な場所なんだそうです。その情報だけじゃ可能性は低いんじゃないかと、そう私達は話し合っていたのですが――』

ふーむ、邪神の心臓か。……ん、んん？

◇　◇　◇

シスター・エレンと思われる人物が邪神の心臓に向かった。つまりそれは、先ほどリオンが当てずっぽうに言ってみた答えに繋《つな》がってしまう事を意味する。しかし、あり得るのか？　シルヴィアとエマの育ての親、シスター・エレンがエレアリスの使徒のリーダー、代行者だったなんて事が。

「アンジェ、代行者の着ていた衣服って白い法衣だったたか？」

「う、うん。少なくとも私が戻った時は、いつもその格好だったよ」

あかん、これあかんやつや。益々《ますます》シスター・エレン＝代行者の図式が成り立っていく。希望的観測で考えても仕方ないが、これをどうシルヴィア達に伝えればいいものか……まずは状況を整理するか。エレンが使徒の根城に向かった理由を考えるとするならば——
①シスター・エレンはやはり代行者だった。可能性大。
②シスター・エレンは唯一行方が知れていない第2柱の選定者。これも十分にあり得る。
③シスター・エレンの病を治すのに必要なものが、たまたま邪神の心臓にあった。運悪く使徒に出くわし、現在行動できない状況にある？　正に希望的観測。
現実的に考えれば本命が①、次点で②だろう。銀髪で同じ服装と、似ている点が多過ぎる。可能性は薄いが、③もなくはないと思うけど。

「もう1つ質問だ、アンジェ。ここ数年で使徒の根城に、侵入者とかはいたのか？」

「ごめん、それは分からないや。私はずっと聖鍵《せいけん》の力を使って聖域に戻っていたし、そういう管理面は巫女の力を使っている代行者か、ずっと聖域にいる守護者しか知らないと思う。一応、ベルちゃんに聞くのも良いと思うけど、あまり期待はしないようにね」

「そうか……」

元使徒とはいえ、聖域とされる根城の全域を把握している訳ではないか。何か、今ある情報から決定付けるような方法はないか？　――あ、そうだ。

「アンジェ、更に注文だ。配下ネットワークに代行者の容姿を思い描いて、そのままアップロードしてくれ。人の顔を覚えるのは朝飯前だろ？」

「それはお安い御用だけど、どうするの？」

「まあまあ、まずはやってみてくれ」

「ええっと、こうかな？」

アンジェが目を瞑《つぶ》ると、直《す》ぐに代行者と思われる人物が配下ネットワークに映し出された。おー、確かにコレットに似ているかも。たとえるなら、コレットのお姉さんって感じだ。聖女とも言えるし、聖母でも通りそうだ。胸もたわわである。

「ケルヴィン君、何を考えているのかなぁ？」

「い、いや、コレットに似ているなって」

危ない危ない、今は胸の話題は厳禁だった。アンジェに刺される前にさっさと次の工程に進んでしまおう。

「次はリオンの出番だ」

「僕？」

「今アンジェが上げた代行者の姿を絵に描き写してほしいんだ。できるだけ正確に、写真みたいな感じでさ。スケッチブック持ってるか？」

「うん、丁度ハルちゃんから貰《もら》った画帳があるよ。クロト、出してー」

……ハルちゃん？　ああ、ラインハルトの事か。

「そうそう、これこれ♪」

リオンは上機嫌そうに、大きめのスケッチブックをクロトから取り出した。その表紙には、大きな字で「悪魔四天王ラインハルト、偉大なる芸術家リオン大先生へ！」と書かれている。それ、サインなのか？　ラインハルト先生からのサインなのか？

「あ、やっぱり気になる？　この前、ハルちゃんとお互いのサインを書いた画帳を交換したんだ。初めてのサインで緊張しちゃった。何の変哲もない画帳らしいんだけど、これに描くと調子が良くって」

お互いにサインし合うとは、また珍しい事を。画家同士のユニフォーム交換、みたいな？　しかし、そうはにかみながら話すリオンは可愛い。天使可愛い。

「えっと、少し待ってね」

そして描き写す筆の速度が半端ない。矢継ぎ早に描かれる代行者の人物画は、あっという間に完成してしまった。

「これでどうかな？」

「相変わらず凄いな……」

「うん、これだけで一財産築けそうだよね……」

リオンは代行者の絵を完璧に模写してくれた。よし、これで準備は整った。後はこの絵を読み込ませて、刀哉《とうや》達のペンダントに向けて送信すれば――

――ピロリロリン♪

シスター・エレンの姿を知るシルヴィア達に、直接確認が取れる寸法だ。完全にオーバーテクノロジーだよね、これ。

『な、何か反応してる、反応してるよ雅!?　私何もしてないよ!?』

『落ち着いて。画像が添付されて来ただけ』

そこまで過敏に反応されるとは思っていなかった。すまん、刹那。

「雅、悪いけどその画像をシルヴィアとエマに見せてくれ」

『了解――あ、少し待って。2人が代わりたいみたい。刹那、交代して』

『ホッ……』

ホッとする刹那の息遣いが聞こえたかと思えば、段々と興奮しているような声が耳に入ってきた。

『ケルヴィンさん、これどこで手に入れたんですかっ!?』

エマである。とても煩《うるさ》い。だが、この反応からするに予想は①で合っていたようだな。

「確認するけど、その絵の人はシスター・エレンで間違いないか？」

『ええ、どこからどう見ても母さんです！　私達が探し求めていた母さんです！　グスッ……』

『ん、私もお母さんだと思う。服装が少し違うのが気になるけど』

エマが感極まって次第に涙声になり掛けている。シルヴィアの声色は変わらずで内心を察する事はできないが、このまま2人にエレンの正体を話していいものだろうか？　少し間を置いて、落ち着かせてからにするべきか？　話すにしても、この件はメルフィーナが深く関わっている。それについても説明しなくてはならない。

「……そうだな。この絵については、直接会って話したい。一度合流しないか？」

ああ、分かってるよ。話さない訳にはいかないだろうが。ただ、俺だけでは上手《うま》く説明する自信がないから、皆を同席させる。たぶん、それが一番だ。

『分かった。今、どこにいるの？』

「こっちはグレルバレルカ帝国の城下町だ。シルヴィア達は——大分離れているな」

ペンダントで位置を確認する。奈落の地《アビスランド》は地底の世界だと言われているが、実際には血の海に囲まれた、1つの大きな大地のようなものだ。聞いた話では血の海の先は奈落の滝に繋がっているとか、空には行き止まりがあるとの伝承があるらしいが、今は置いておこう。

　俺のいるグレルバレルカを地図上に起こせば、その場所は東の果て。対して、シルヴィア達は西の果てにいる。恐らくは、そっち側にトラージの天獄飛泉《てんごくひせん》が繋がっていたんだろう。お互いの中心は邪神の心臓、流石《さすが》にここで落ち合う選択肢はない。

「仕方ない。迎えに行くか」

『迎え？　どうやって？』

「幸運な事に、奈落の地《アビスランド》全土に転移門を隠し持っていた、心配性な身内がいてさ。その人に頼んで、近場の転移門まで迎えに行くよ。そこからこっち側まで移動してもらう」

『転移門……ん、分かった。ケルヴィンと一緒なら、同伴する形で資格のない私も行けるようになる。それで問題ないと思うよ』

「よし、決まりだな。これから（セラが）頼んでみるから、許可が出たらまた連絡するよ。それまで安全な場所で待機していてくれ」

　一先《ひとま》ずはこれで良し、と。後はシルヴィア達の近くに、義父《とう》さんが所有する転移門がある事を願うだけだな。説明に関しては、うん。シュトラとコレットに上手く立ち回ってもらおう。

◇　◇　◇

——魔王城・議場

義父さん所有の転移門からシルヴィア達《たち》を迎える。その後、以前ベルと話した城の議場を借り、そこに集まる事に。話す内容が内容なだけに、向こうの面子《メンツ》はシルヴィア、エマ、刹那《せつな》だけにしてもらった。なぜかナグアが猛抗議していたんだが、そんなに気にしていたのかな？　まあ、自分達が旅をする目的についてでもあるし、当然と言えば当然か。こちら側は俺と、フォロー役のシュトラにコレットにも来てもらった。

「ケルヴィンさん、一応私達のリーダーは刀哉になっているのですが、なぜ私が……？」

「俺が弟子4人の中で、一番信頼しているのが刹那だからだよ。刀哉は幾分マシになったが、ぶっちゃけまだアレだし、雅《みやび》は嫌そうだし、奈々《なな》はほんわかし過ぎだし」

それに加え、刹那が4人の中で最も戦闘の素質があるという、俺の独断と偏見もあったりする。リオンと戦った時の刹那は何かを開花させたようで、目を見張るものがあった。いつも刀哉を警戒しているせいか頭も回るし、現段階において一押しの弟子は、満場一致で刹那なのだ。

「いいのかなぁ……」

「それよりも、まずツッコミたい点があるのですが、ここって魔王城なのでは……？　グレルバレルカと言っていましたよね？」

早速エマが痛いところを突いてきた。気分が落ち着いたのか、いつも通りの調子に戻っている。

「今更隠しても仕方ないか。エマの指摘は合ってるよ」

「あの、私の学んだ知識が正しければ、グレルバレルカといえば旧魔王軍の本拠地だった場所、ですよね？　見たところ城に在中する悪魔が沢山いましたし、大昔に亡《ほろ》んだというのは偽りの話だったのですか？」

「いやー、確かに亡びかけたよ？　ただそれがな、色々あって魔王グスタフと、その配下である悪魔四天王の皆さんが蘇《よみがえ》ってしまいまして――」

「大事件じゃないですか!?」

「お兄ちゃん、話を割愛し過ぎよ……」

膝の上に乗せたシュトラに呆《あき》れられてしまった。説明すべき話が多過ぎて、お兄ちゃんは上手く話せるか自信ないです。コレットさん、シュトラさん、出番ですよ！　と、さり気なくアイコンタクトする。

「この件は我らデラミスが深く関わる事柄です。僭越《せんえつ》ながら、私から説明致しましょう」

「分からない事があったら、私からも解説するわ。気軽に質問してね」

金の賢女、銀の聖女の２人による説明会が開始された。実に頼もしい。

◇　◇　◇

「セラさんが魔王の娘で、メルさんが女神様で、母さんがデラミスの巫女《みこ》で使徒で――」

如何《いか》にシュトラ達が話したといえど、重大な情報が多過ぎた為《ため》か、エマはぶつぶつと呟《つぶや》き続けながら自分の世界に入ってしまった。これは整理するまで時間掛かりそうだ。

「……ん」

一方でシルヴィアの反応は薄い。大丈夫か、これ？

「まあ、そういう訳で俺達の目的はエレアリスの使徒、代行者――シスター・エレンを打倒して、エレアリスの復活を阻止する事なんだ。もちろん、代行者の正体がエレンさんだとは決まっていない」

「でも、その可能性が一番高いんだよね？」

「……ああ」

「そう、分かった」

シルヴィアはそう口にすると、トランス状態のエマを軽く揺すりながら、現実世界へ戻す作業に移ってしまった。エマに比べてやけに理解が早い。

『シュトラ、『報復説伏』の固有スキルは使ってないよな？』

『友達に使う訳ないよ！　仮に使ったとしても、ルノアやアシュリー相手じゃ殆《ほとん》ど効果ないもん！』

怒られてしまった……

シュトラは賢人に進化して、新たな固有スキル『報復説伏』を会得している。このスキルは交渉時に使用するもので、理詰めによる説得で相手を説き伏せ、たとえ不利な条件だと分かっていたとしても、首を縦に振らせてしまうという恐ろしいものだ。友好的な者には効果が薄く、反抗的な者には絶大な効果を発揮する事から、敵対する相手に使うべきスキルだといえるだろう。シュトラの言葉に含まれる理が適《かな》っていれば、相手は自ら利を失ってしまうのだ。

報復説伏の注目すべきは、意思に反してそうさせるのではなく、相手を心から納得させる点に尽きる。かつて魔王ゼルは『王の命』で民衆を洗脳していたが、強制的な行動は不自然さを生む。対してシュトラの力は対象や使いどころが限定されるも、より自然な形で相手の心をコントロールする強化版だ。他国との外交において、これ以上ないくらいの最強スキルじゃなかろうか。悪魔四天王のベガルゼルドにも効いたっていうし。

「……シルヴィア、ありがとう。何とか飲み込めたわ」

「ん、平常心が大事」

そうこうしているうちに、エマが復帰したようだ。まだ頭を押さえているが、シルヴィアに頭を撫《な》でられて何とか理性を保っている。

「なあ、シスター・エレンってどういう人だったんだ？　こんな時に聞く話じゃないかもしれないが、できれば聞いておきたい」

「どんな人、ですか。なかなか言葉にするのは難しいですね……　私達の母であり、師であり、恩人であり——誰よりも尊敬する、人生において目標となる人でしょうか。身寄りのない孤児だった私達を拾って、愛情をたっぷりと注いで育ててくれました。まあ、病弱だと公言している割には元気で、腕っぷしが強くて逞《たくま》しいところもありましたけど」

「剣術や魔法、生きていくのに必要な知識は、全部お母さんから習った」

「懐かしいですね。あの頃は2人掛かりでも全く歯が立たなくって、よく泣かされていましたっけ……」

「ブービートラップに引っ掛かったのは良い思い出」

「そうそう、やたらと深い落とし穴から1日掛かりで脱出したり——そんな茶目っ気に溢《あふ》れた人です」

……あれ？　何か俺の想像と違うような。少なくともシスターっぽくはなく、孤児の子供に教える事でもないような。アンジェやベルから聞いていた、今の代行者とも印象が異なる。

「そ、そうか。シルヴィアとエマの強さの根源は、エレンさんだったんだな」

「ええ、母さんの教育あっての私達です。他の子達には難しい勉強を教えたりと、才能を開花させるのが上手でしたね。リフリル孤児院から先に巣立った兄貴分のエドワードなんて、今ではリゼア帝国で政治家をしているそうですし」

「リゼアのエドワード氏、ですか？　その方ならデラミスでも有名ですよ。それまで好戦的だった国内の情勢を治め、相利共生を謳《うた》い手段を模索する平和主義者。エドワード氏が就任してからというもの、デラミスとリゼアの険悪だった関係も大分軟化しましたから」

コレットも知っているのか。また大層な人物が出てきたな。S級冒険者、トライセンの将軍にまでなったシルヴィアといい、まるで孤児院が教育機関のようにも思えてしまう。しかし、これから浄化しようとしているような世界に、そんな人材を輩出する意味があるのか？　それとも、浄化の意味を履き違えている？

「エレンさんが凄《すご》いのは分かった。だが、俺達の方針に変わりはない。生還者を追わせているムドとボガから連絡があり次第、俺達は奴《やつ》らの本拠地である邪神の心臓に向かうが、お前達はどうする？　刹那は？」

「……私達はケルヴィンさん、女神様の助けになりたいと思っています。どの程度の力添えができるか分かりませんが、できれば連れて行ってもらいたいです」

大方予想通りの反応だ。だが、刹那達の力はまだまだ発展途上、熟れる前の甘い果実。これは悪魔式デスマーチの時かもしれないぞ。

「うん、なるほどな。シルヴィアとエマは？」

「一緒に行って、この目で確かめたい」

「いいのか？」

「ん、時には残酷な判断をしなければならない時がくる。でも、立ち止まらない。考えて、考え続ける。それもお母さんの教えだから」

シルヴィアの瞳に迷いはない。エマは若干の狼狽《うろた》えはあるものの、考えは一致しているようだ。しかし、仮に母親が世界に仇《あだ》を成す悪だとすれば、彼女達は本当に剣を振るえるのか。俺には判断しかねる。最悪、あちら側に付いて敵対してしまう可能性だってある。

「……了解した。それじゃあ、決行について詳しく話そう」

それはそれで美味《おい》し、いや、その時は全力で説得しよう。

◇　◇　◇

シルヴィア達との話し合いを終えた俺は、弟子4人の強さを測る為に、その足で修練場を訪れる予定だ。シュトラはこの後にベガルゼルドから医学を学ぶ約束をしているらしく、一旦離脱。コレットはいつものように結界を張りたがっていたので、そのまま聖堂神域《タバーナクル》と生還神域《アルカディア》を使ってもらう為に連れて行く事に。ここ最近、巫女の秘術を私物化しているような気がしないでもないが、コレットが幸せならそれで良いんじゃないかと割り切るようにしている。如何に自由に生きる俺とて、聖女様の幸せを奪ってはならないのだ。

『ですが、それも都合の良い解釈なのではないでしょうか？』

おっと、久方ぶりのメルフィーナ先生の読心術だ。念話を送ってきている事から分かると思うが、目の前にはいない。というか、メルは魔都でグルメツアーに興じている筈《はず》なんだけどな。どうやって俺の心を読んでいるのかと、小一時間問い質《ただ》したい。正妻だから心が繋《つな》がっているとでも言うのだろうか？

『ええ、酢豚にパイナップルは好みが分かれますからね。事前に確認しておく事も大切です。仕方ありませんね。勿体《もったい》ないので、これも私が頂くとしましょう』

あ、ごめん通じ合ってなかった。何か念話を俺にだけ誤送信しているっぽい。それにしても、やけに熱がこもった言葉だな。少し感情的に――あー。

「ケルヴィンさん、どうかしましたか？」

「いや……刹那、メルフィーナと一緒に食事する時、唐揚げに勝手にレモン掛けたら駄目だぞ」

「え、唐突に何の話ですか？」

女神様と上手に付き合っていく為の話です。あいつ好き嫌いはないけど、食事は自由に食べたい派なんだ。自分の唐揚げにレモンを掛けられれば、それを食べた上で同じ量を追加注文しやがるんだ。

「分かります。その御心《おこころ》、痛いほど分かりますともケルヴィン様！　メルフィーナ様がお食事されるお姿は正に名画の如《ごと》く美に溢れ、愛《いと》しくこの身を捧《ささ》げてお世話したくなるものです。ですが、矮小《わいしょう》たる私如きがするその行いはメルフィーナ様の自由の妨げになり得、罰を与えられてしまうかもしれません。己の欲求を御し、戒める事で信仰心は更に浄化されるのです！　ああ、ですが罰は罰で受けてみたいという穢《けが》れた欲求が――」

「さ、時間だな。先に修練場に行ってるから、刹那《せつな》は刀哉《とうや》達《たち》を連れて来てくれ」

「は、はい……あの、コレットはどうします？　私が連れて行きましょうか？」

「俺が背負っていくから気にするな。そのうち治るから」

「……ケルヴィンさん。何か、私よりもコレットの扱いに慣れていません？」

「気のせいだ、気のせい」

常軌を逸した行動も、昼夜を共にすれば嫌でも慣れるというもの。ただ唯一心配なのは、俺の背中によだれや鼻血を垂らさないかという事だ。今の状態のコレットは、口や鼻が非常に弛《ゆる》んでいる。

◇　◇　◇

――魔王城・客室

その日の夜。自分に割り当てられた客室（セラとの同室はなぜか義父《とう》さんのお許しが出ない）にて、俺はベッドに横たわりながら、その日に得た情報と睨《にら》めっこしながら悩んでいた。

弟子4人衆の総評。結果として、使徒相手に戦わせるには少々無理がある。奈落の地《アビスランド》で野良悪魔を相手に戦った成果なのか、以前よりかはレベルが上がっている。戦い方や技術も順調に成長している。しかしながら、それでも足りないだろうというのが正直な感想だった。あのパーティではシルヴィアがモンスターへの止《とど》めをもっていきやすいだろうし、俺達のように経験値は共有されない。この成長速度のままでは、とてもじゃないが連れて行けそうにないんだ。

うーん、これは本当に短期集中型のレベリングを視野に入れないといけないかも。悪魔四天王を見事に育て上げたベル教官に、明日お願いしてみるべきか。セラ？　あいつは教える事に関しては駄目だ。天才肌の感覚派だし。

「ナグアとアリエルにも参加してもらうかな。ナグアは俺から言っても聞かないだろうから、仲の良いジェラールあたりに言ってもらって――」

――ギィ。

「あなた様、何か考え事ですか？」

俺の言葉が扉を開ける音に遮られると、厚い羽織りものを着たメルフィーナが部屋に入ってきた。ううん？　珍しい格好をしているな？

「刀哉達をどうやって育てようかと思ってさ。そろそろ、ムドとボガが邪神の心臓に到着しそうな時期だし、時間もそんなにないだろ？」

「毎日この時間になると、配下ネットワークに別々の戦果報告を送ってきますからね。確か夜の間は、それ以上進まない代わりに攻撃はしないと、生還者と交渉をしたんだとか。よくオーケーを出しましたね？」

「あいつらの到着が遅れるほど、俺達に時間が生まれるだろ？　この交渉自体は生還者のおっさんの方から持ち掛けたらしい。でもあいつら、如何《いか》に上手《うま》く狩れるかの連絡しか、最近寄越《よこ》さないんだよな。現在地くらい送れって、毎回返信してるよ」

まあ、裏を返せばそれだけ熱中しているって意味だ。ボガなんて竜化が続いているせいか、いつもよりアグレッシブに炎を使っている。かと思えば狙いが粗い訳でもなく、しっかりとムドの息吹《ブレス》に合わせた行動も取れていて面白い。それでも逃げ切る生還者のしぶとさが異常なのであって、やり方は間違っていないのだ。

「ところでメル、こんな夜遅くにどうした？」

「ふふ、妻が深夜に夫の部屋を訪ねる。敏《さと》いあなた様なら、この意味が分かりますね？」

「お、おう。でもせめて、来る前に教えてほしいんだけど……」

女神とは思えぬ発言は無視するとして、ここがセラの実家だという事実を忘れてはいないだろうか？　セラが許そうとも、義父さんの耳に及んだら、そりゃもう切腹ものだ。

「あら？　今夜お邪魔しますと念話した筈ですが、届いていませんでしたか？」

「料理の感想なら届いたけど……」

「……」

「……」

「……あ」

メルがやってしまった、みたいな表情を作り始めた。こいつ、念話で送ろうとした事と実際に話した事、逆に言ったんじゃないだろうな？　おい、その台詞《せりふ》誰に向かって話した？

「す、済んだ事を嘆いても仕方ありません。今日はあなた様に見て頂きたいものがあるのです！」

「見てもらいたいもの？」

「うふふ、こちらです」

ハラリ。メルが厚手の羽織を脱ぎ去ると、その下には――

「――それ、昇格式の時のドレスか？」

羽織の下にあったのは、大海を思わせる色合いの清楚《せいそ》なドレス。爽やかな印象が白く美しい肌を持つメルとマッチして、目を逸《そ》らさずにはいられない。なぜ？　と思う前に、まず見惚《みと》れてしまった。

「そうです。あの時は私だけ着れませんでしたからね。あれ以降なかなかそういった機会もありませんでしたし……あ、獣王祭の終わりにチラリと着ましたっけ？　と、兎《と》も角《かく》、今夜はあなた様だけにお披露目会をしようかと。どうです？」

その場でクルクルと回って見せるメル。可愛《かわい》、ググ……！

「まずまず、好みではある」

「おかしいですね。その台詞にはデジャヴを感じますが？」

「……男の精一杯の抵抗なんだから、良い女は黙って受け入れてくれ」

「はい、分かりました♪」

ベッドから立ち上がり、メルフィーナを抱きしめてやる。何となく、そうしたかった。

「あら？　踊ってくださるのではないのですか？」

「踊り方が分からないって。教養のない俺にあまり無茶な注文をしないでくれ」

「そうですか。なら、もう少しこのままでいさせてください」

「ああ……それと、メル」

「はい？」

「あんまり、1人で抱え込むなよ？」

「……ええ、大丈夫です。あなた様が近くにいてくれますから」

抱きしめて分かった事だが、メルの心臓の鼓動も大分激しかった。

◇　◇　◇

――邪神の心臓・聖杯神域《ホーリーチャリス》

奈落《アビスランド》の地の中心地、邪神の心臓と称される大空洞。複雑に入り組んだ迷宮内部のとある場所に、代行者が作り出した聖域への入り口が隠されている。そこは巫女《みこ》の秘術『聖杯神域《ホーリーチャリス》』によって作り出された領域。あらゆる毒気、あらゆる呪詛《じゅそ》を浄化する、神殿の形を模した超規模結界だ。これにより神殿内部は邪気が存在せず、それどころか神聖な力で場は満たされている。

代行者、アイリスが居を構えるのは根城の最深部とされる場所である。距離感の摑《つか》めぬ荘厳な壁で形成された部屋、その中央に座する神殿は幻のように揺らぎ、全てが純白であるが為《ため》に尚更《なおさら》現実味がない。神殿内部にあるのは小さな小さな、赤子用の寝台。アイリスはその傍《そば》で、絶えず聖母の微笑《ほほえ》みを寝台に向けていた。

「あーあー。結局、断罪者も使徒を抜けちゃったか。つまらないなぁ」

神殿の屋根に寝転がったセルジュが、口を尖《とが》らせながら愚痴をこぼす。この空間はかつ

て使徒達が集った場所だ。集う者が少なくなった事に心を痛めているのか、気軽にお喋《しゃべ》りできる友人がいなくなり寂しいのか、セルジュはとても人間的だ。しかし、そんな言葉にもアイリスは特に表情を変える事なく、慈愛に満ちた口調で語りかけた。

「断罪者は使命を全うしたのです。そして幸運な事に、彼女は生き長らえた。これは喜びこそすれ、悲しむ事ではありませんよ？　私達にできる善行は彼女の幸せを祈り、交わした盟約を果たす事です」

「でもでも、数少ない女の子同士のお喋りタイム、その機会が激減したんだよ？　私にとって唯一の娯楽だったんだよ？　これは由々《ゆゆ》しき事態だと言っても、決して過言ではないと思うな」

「時間を有益に使いたいのなら、この至高の微笑みを御覧なさいな。赤子とは尊いのが常、生命の秘宝。貴女《あなた》の悩みなんてくだらぬものだと悟れる事でしょう」

「いやー、そうしたいのは山々だけどさ。その子って代行者にしか見えないじゃん？　私にはちょっと難易度高めかなー」

「あら、そうでしたね。であれば、今だけは私が独り占めすると致しましょう。ああ、今日は本当に機嫌が良いですね。喜ばしい事です」

「あのー、ここにいる迷える子羊も助けてほしいんですけどー」

　それっきりアイリスは、寝台の中身を見守る作業に専念してしまった。会話をしようにも、相手にその気がなければ長続きはしない。セルジュは気さくに会話ができた暗殺者、女子同士でしかできないような下ネタ話で盛り上がった反魂者、不機嫌そうでも最後まで黙って話を聞いてくれる断罪者を酷《ひど》く懐かしく感じ、代わり映えのしない白の風景をぼんやりと見詰める。

（代行者、変わっちゃったなぁ……昔なら、平気で卑猥《ひわい》な話とか自らしてきたもんだけど――）

　セルジュは昔を思い出す。アイリスがデラミスの巫女として国を統治していた際の、たまにしてしまう奇行を。

「――今も昔も、していませんからね？」

「あはは、バレた？　シリアス風に決めてみたけど、代行者は誤魔化せないなー。簡単に心を読まれちゃう」

「いつからの付き合いだと思っているのですか。ちょっとした雰囲気で分かりますよ。それに、暇を堪能できるのは今だけです。もう少しで、案内人として向かわせた生還者が戻ってくるでしょう。即《すなわ》ち、エレアリス様に仇《あだ》を成す者達を連れてくる事を意味します。またそれは、エレアリス様が真の神として降臨なされる絶好の機会。ああ、漸《ようや》くこの時が来るのですね……！」

「んんー、生還者の案内ねぇ……」

生還者の力を軽視している訳ではないが、そのような案内の有無に拘《かか》わらず、メルフィーナ達《たち》はここへと足を踏み入れる。勇者の勘というものなのか、そのようにセルジュは考えていた。

「ま、断罪者のお蔭《かげ》で魔力は十分にあるんだ。後は代行者の問題だし、私はいつものように暇を持て余しているよ」

「そこまで暇でしたら、聖鍵《せいけん》の中を漁《あさ》ってみては如何《いかが》ですか？　きっと運良く、都合の良い暇潰しの道具が出てきますよ？」

「うーん、それはそれで予定調和過ぎて、つまらないというか……このまま不自由を満喫しちゃおっかなー？」

「……」

「代行者？」

寝台を愛《め》でる訳でもなく、代行者が突然黙ってしまった。どうしたのかとセルジュは屋根から飛び降り、床に着地してそちらに向き直る。丁度、アイリスと視線がぶつかった。

「……守護者、貴女に最後の使命を課します。揺り籠の神域には、女神メルフィーナと死神ケルヴィンのみを通す事。それ以外の者の侵入を必ず防ぐ事。――この2つを約束なさい。できますね？」

最後の使命、それは使徒に課せられる至上命令である。ベルにとっての魔王化、ニトにとっての聖域への誘導――使徒によって内容は違えども、それを果たせば盟約の際に約束した願いが叶《かな》えられる。つまり、セルジュにとって使徒としての最後の仕事がこれなのだ。

「このタイミングでそれ言っちゃうの？　私、代行者のお願いなら何でも聞いてあげるのに。あ、でも私この前に、『揺り籠』はもう護《まも》る必要がなくなったって自慢げに口走っちゃったから、それで再登場するのはちょっと恥ずかし――」

「――できますね？」

「はい、できますできます！　もう、そんなに怒らないでよ、代行者。凄《すご》く怖いから笑いながら威圧しないで！」

「ふふ、善処致しましょう」

一通り笑い合った後、アイリスは片手を少し掲げ、赤子用の寝台を優しく宙に浮かせた。

「それで、この使命は達成できそうですか？」

「どうだろ？　デラミスでは見事にやられちゃったし、今はもっと強くなってるっていうし……かなり厳しめにスキル云々《うんぬん》を含めて考えれば、あの時のメルフィーナ並の力を持った奴《やつ》で、４人同時が限度かな？　それ以上は流石《さすが》の私も逃げたいです」

「十分です。その他の者らは創造者、統率者が適度に間引くでしょうから。運命の時、エレアリス様は誰にも、如何なる者にも邪魔されずに、メルフィーナと再会する事を期待されています。セルジュ・フロア。私が最も信頼する親友よ、信じていますよ」

「……うん、大船に乗っちゃって！」

大げさに胸を叩《たた》くセルジュを見たアイリスは、微笑みを浮かべて神殿の奥へと消えて行った。後を追うように、浮遊する寝台も同様に消えて行く。

「セルジュ・フロア、ね……」

誰にも聞こえない、消え入るような声でセルジュが呟《つぶや》くと、それに連動するかの如《ごと》く、地面からガコンとよく響く音が鳴った。

「む、代行者はいないのか？」

機械的な声の先にあったのは、異世界文字でⅢと描かれた石碑だった。

「変なタイミングで出てくるね、創造者。代行者なら今は野暮用だよ。どうしたの？」

「何、ちょっとした連絡だ。生還者を先頭に、巨竜が2体この地に迫っている。もう半日ほどで到着しそうだと伝えたくてね。引き続き、私はゴーレムで監視を続ける」

「そっか、漸く来たんだね。さては生還者、途中どこかでサボってたな？　あいつめ～」

「竜王2体を相手しながらの逃走だぞ？　彼のスペックからすれば、十分に良い結果だよ。守護者基準で物事を判断するのは、君の悪い癖だ」

「はいはい、お説教はもう沢山ですって。それ、私から代行者に伝えておくよ。だから早くあっちに行くんだ。シッシッ！」

「ふむ、そうするとしよう。進展があればまた連絡する」

声が消えると、石碑は再び音を鳴らしながら地面に沈んでいった。セルジュはその様を最後まで確認する事もなく、軽く跳躍して屋根上の定位置へと戻る。代わり映えのしない白の風景は、今も続いていた。

第三章 ▼おじさんの苦難

――邪神の心臓

生還者は走っていた。生還者は復活し続けていた。生還者は決して諦めていなかった。奈落《アビスランド》の地の中心地、邪神の心臓。スタートの最東端から災害のような雨あられ、雷炎に襲われ続けた過酷な旅も、漸く終わりを迎えようとしていた。

「ふう、ふう！　この瘴気《しょうき》のヌメッとした感じ、ゴールは近いと見るねぇ！」

聖域への案内を使命として任された生還者は、ここに至るまで様々な試練を乗り越えてきた。2体の竜王から降り注がれる攻撃もさることながら、到着するまでの衣食住をどうするかが最大の問題だった。如何《いか》に卓越した能力を備える使徒、死んでも蘇《よみがえ》る力があるとはいえ、その体はあくまで人体。食事を取らねば空腹になるし、もよおす時はもよおすのだ。

食事は逃げる最中に獲物を狩り、迫り来る獄炎を拝借して肉を調理する。生還者のプライドを投げ捨て、花摘みに行く行為自体を諦める、または隠れて一瞬で済ます事で、最悪それらは解決する。だが睡眠は別だ。眠りながら攻撃を躱《かわ》し、目的地へ走り続けられるほど生還者は器用でもないし、長期間ともなれば過負荷によるボロが必ずどこかで出てしまう。死にはしないが、捕らわれる可能性は大いにあるのだ。隠れて休もうにも、竜王達は辺り一面を焼き払おうとするので、とてもじゃないが眠れる環境ではなかった。

そこで生還者は考えた。竜王らもまた、自分と同じ境遇ではないのか、と。竜王とて生物ではあるのだから、食事はするし睡眠も必要になるだろう。延々と追いかけて来るのは向こうも辛《つら》い筈《はず》。これをどうにかして交渉材料にできないか――

「はい！　おじさんから提案がありまぁーす！　小休憩、小休憩しませんかぁー！」

脱走から2日目、走り続けたまま生還者が2体に向かって大声で叫び出した。

「おい、ムド！　あの野郎、何か叫んでんぞ！」

「分かってる。休憩しようと提案してるみたい。あからさまな罠《わな》、逃げる口実」

「そうかぁ？　でもよ、ケルヴィンの兄貴は1人で姿を消す事はないって言ってたぜ？　仮にいなくなっても連絡寄越《よこ》せば良いって話してたし、ここは聞くだけ聞いてみても損はないんじゃねぇか？」

「……ボガ、もしかして眠い？」

「すげぇ眠い！　おでは燃費が悪ぃから、まとまった休みが欲しいんだ。そういうお前だって、暫《しばら》くエフィル姐《ねえ》さんの菓子食ってなくてイライラしてんじゃねぇか！」

「否定はしない。でも、ボガの言い分にも一理ある。虎穴に入らずんば虎子を得ず」

それらしい事を言っているが、ボガは睡眠欲に、ムドファラクは甘味の魅力に負けてしまったようだ。

「なら、おでが合図を出してやるよ！」

そう言うと、ボガの背にあたる黒岩の隙間から、グォンと紅蓮《ぐれん》の炎が巻き起こった。爆発音は何十と連続で鳴り響き、各々が飛翔《ひしょう》体となって飛んでいく。この旅路でボガが新たに生み出した追躡砲火《ヴォルテルム》は、炎の塊がミサイルのように相手を追尾して大規模な爆発を引き起こす広域殲滅《せんめつ》技だ。最大で一度に30発もの連射が可能で、生還者もこの炎で何度も死んでいる。

しかし、今回の赤き飛翔体は生還者の方ではなく、やや外れた平原へと向かって行った。隊列を組むが如く天を駆ける紅蓮が、その平原へと着弾する。

「う、わ……！」

激しい爆音と衝撃波が迫り、思わず顔を渋める生還者。爆撃地である平原を見れば、平面であった地形は深く抉《えぐ》られ激変していた。炎の残り火がそこかしこで立ち上り、今も地面から高熱を発している事が認識できる。

「……何かのメッセージかねぇ？」

地面は激しく陥没している。が、爆撃地の中心地、そこだけが円形に無傷で状態を維持しており、何らかの意図を含んでいるようだったのだ。

「おい、おっさん！　誘いに乗ってやるから、そこに移動しなっ！」

ボガの叫びに、生還者は提案が功を奏したのだと理解した。

「もう少し、穏やかに教えてほしいものだけど……」

贅沢《ぜいたく》は言っていられない。兎《と》も角《かく》誘いに乗ってくれたのだ。生還者は進行方向を指定場所の方へと変え、移動を開始する。それを確認したムドファラクらも、そちらに向け旋回。ややして、先に到着していた生還者の前に、人間の姿へと変身した2人が降り立った。青い髪と服を持つ少女と、厳《いか》つい巨漢である。

「やあやあ、提案を受け入れてくれて助かったよ。言ってみるもんだ――」

「――生還者ニト、現時刻から6時間を休戦とする。休戦中は攻撃と逃走を禁止、移動を許すのはこの園内のみだ。休戦時間が終わった後は、ニトが1㎞離れた時点で攻撃を再開。休戦中、許可なく外に出ればその時点で休戦を解除、以降提案は受け入れず全て棄却する。明日以降も同時刻は同じ条件下で休戦を締結。これを受け入れるなら前に一歩進め。断るなら口を開くなり好きにしろ。10秒以内に答えを出さなければ、提案を断ると同義と取る。1、2――」

生還者の言葉を遮り、青ムドが淡々とした口調で提案の詳細を話していく。生還者の意見は聞かず、ただこの条件で同意するかどうかだけを問う姿勢だ。

（うわー、見た目はどう見ても子供なのに、威厳たっぷりだねぇ。おじさんとの対話はガン無視、余計な事を喋《しゃべ》れば休戦はなし、考える暇を与えないシビアなカウントダウン——

ああ、嫌だ嫌だ。小心者のおじさんは、こうするしかないじゃない）

青ムドがカウントを読み上げる中、生還者は黙ったまま一歩前に踏み出した。

「よし、ニトの意思を確認した。これより休戦に入る。……ボガ、何か言う事はある？」

「お、おでからは何も、ない。ムドの案で、良いと思う。あ、でも、寝ている時は静かに、してほしい。おで敏感だから、少しの音でも、起きちゃう」

「そ、そう……」

先ほどの威勢と火力はどこにやら、巨漢となったボガの態度は反転しているかのようだ。人間形態となったボガは酷《ひど》く臆病なので、寝ている時もちょっとした事で起きてしまう。どうやらその事を気にしているらしい。

（寝ている時もしっかりお前を見ているぞ、って事かねぇ。わざわざ遠回しに釘《くぎ》を刺すとは、こっちの竜王様も油断ならないか）

特に意図していなかった裏の意味を、都合良く解釈される。火竜王の威厳が落ちる事態にはならなそうだ。

「了解だ。おじさんからは余計なお喋りはしないよ。時間になったら教えてね。おじさん、それまで寝てるから」

やや2人から距離を置いた場所で、生還者は久しぶりに横になった。念の為《ため》少し様子を窺《うかが》ってみると、片やお菓子をいっぱいに広げ、片や特大サイズの布団を敷いてすやすやと寝始めてしまった。余りにも自分に無頓着で不気味な様子だった為に、生還者は休戦中も心中穏やかでいられなかったという。

それから、かれこれ暫くの時を3人は過ごした。平時は逃げる者と追いかける者。容赦なく復活する側と殺す側の奇妙な関係だ。しかし、それも漸《ようや》く終わりの時を迎える。邪神の心臓はもう直《す》ぐそこであり、生還者の使命はほぼ達成しているようなものなのだ。

「うおおー！　おじさん、最後の猛ダッシュー！」

「あ、おいクソっ！　おっさんが邪神の心臓に着いちまうぞ、ムド！」

「１㎞の制限、甘く見ていた。殺せはするけど、捕まえるのは至難」

「泣き言は後でいいんだよっ！　問題は今どうするかだ！　このままだとジェラールの旦那に怒られるだろうがっ！」

「……壊す」

「ああ!?」

「邪神の心臓、壊しちゃう？　ゴールがなくなれば、ゴールしていないと同じ」

「その手があったか！」

連日の超攻撃的姿勢、瀬戸際の緊張感で、２人のテンションはおかしな方向に向かっていた。疾駆する生還者は背後から伝わる重圧に嫌な予感を覚える。それもその筈、２対の竜王が最大火力の息吹《ブレス》を出そうと、背後で力を溜《た》めているのだ。

「お待ちなさい。いやはや、竜王となっても貴方達《あなたたち》は野蛮なものですね」

上空で、どこか芝居掛かった声がした。

◇　◇　◇

ムドファラクとボガは、その声に聞き覚えがあった。古巣である軍国トライセンで最も胡散臭《うさんくさ》く、最も仕草が芝居掛かり、最も油断してはならない男——エフィルによって射られ、命を落とした筈の元混成魔獣団将軍、トリスタン・ファーゼ。トレードマークの羽根帽子を被《かぶ》った彼は、空に停滞するムドとボガよりも更に上空にて、黄金に輝く竜に乗って2人を見下ろしていたのだ。

「お久しぶり、と挨拶した方が良いでしょうかね？　何やら懐かしい面々がいたようでしたので、思わず出てきてしまいました」

「トリスタンっ！　あの野郎、やっぱ生きていやがったか！」

「……」

良からぬ事を考えているような笑みは今も健在のようで、記憶の中そのままの表情のトリスタンがそこにはいた。何を企《たくら》んでいるのかは分からないが、この男が絡んで物事が平穏に終わる事はまずない。生還者を追跡していた時以上に、ムドとボガは警戒値を上昇させる。

「おー！　おじさん助かっちゃったよ、後輩君！　これで竜王の注意を逸《そ》らす事が――」

予期せぬ同胞の登場に、生還者のおじさんは胸をなで下ろす。仲間の自分でさえ考えていなかった援軍だ。おじさんにとっては嬉《うれ》しい誤算だが、敵対する竜王にとってはかなりの痛手の筈。ならば、嫌でも本拠地である邪神の心臓から視線を外さなければならない。そう推測したのだ。

「――ボガ、折角溜めた息吹《ブレス》がもったいない。邪神の心臓目掛けて撃っちゃおう」

「おっしゃあ！　了解だぁ！」

「なんでぇ!?」

しかし、ムドとボガが意識をトリスタンに割いたのは、僅かな瞬間だけだった。以降はトリスタンを無視するかの如《ごと》く、集束させた息吹《ブレス》を邪神の心臓に照準を合わせ、放出。生還者の悲痛な叫びも空《むな》しく、ムドの竜咆超圧縮弾《サジタリア》とボガの活火山創造の息《ラーバクレータブレス》が容赦なく大空洞へと舞い落ちる。極彩の弾丸と紅蓮の火球、そのどちらもが現存する地図を古きものにする威力を秘めた災厄。禁忌の地とされるこの場所も、接触すればどうなるかは想像できない。

トリスタンは確かに厄介な相手だ。ちょっとした仕草に、巧みな口舌に惑わされれば泥沼に陥るのは必至。かつて、エフィルと共にトリスタンと戦ったムドファラクはそれを良く理解している。だが、だからこそ、同時にどう相手をすれば良いのかも分かっている。甘言なんて全て聞き流して、事務的にトリスタンを葬ってしまえば良いのだ。あの戦闘の時、敬愛するエフィルが冷徹にそうしたように。

「こ、後輩君、頼んだっ！」

「やれやれ、手の掛かる方々だ――アンラ、レンゲランゲ、行きなさい」

トリスタンの声に呼応して、息吹《ブレス》の射線上に出現するのは2つの魔法陣だった。ムドとボガはこの魔法陣をよく知っている。何せ、主人たるケルヴィンが召喚術で扱うものと、同様のものであったからだ。召喚術で配下を呼び出す際に現れるこの魔法陣は、召喚する配下のサイズに応じてその大きさが変化する。トリスタンが今呼び出した魔法陣は、かなり大きなサイズのもの。両方がムドファラクと同等だろうか。

「シュルル……！」

「ギギッ、ギギギギッ」

魔法陣から召喚されたのは、1つの汚れ目もない真っ白な鱗《うろこ》で覆われた大蛇。そして、カブト虫のような巨大な甲虫類の姿をした純白の虫だ。大蛇の体は途轍《とてつ》もなく長く続いており、地表からこの空にまで体を伸ばしてもとぐろを巻くほど余力がある。甲虫は雄々しい角を掲げ、人によっては耳障りな羽音を立てながら宙を舞った。姿は苛烈なれど、2体のモンスターからは不思議と神々しさが感じられる。

「だけど、当たる」

モンスターの正体は不明。だが、既に放出した息吹《ブレス》は不可避。ムドの予測は必然となって、災厄が2体の白亜に衝突した。極彩が甲虫へ、紅蓮が大蛇へ。竜咆超圧縮弾《サジタリア》を正面から受けてしまった甲虫は、レーザーを受けるが如く装甲を貫通されてしまう。

「ギギィ――――！」

悲鳴を上げる白き甲虫。しかし、それで終わりではない。甲虫の体内に入った一矢は、直ぐ様に8色の光弾に分散。体内から更に貫き、折り返すように甲虫の下へと舞い戻る。光弾はそれぞれに意思があるように、甲虫をターゲットとして貫き、戻り、貫きを繰り返し、額面通り八つ裂きを執行し続ける。

最高火力がベルの結界に防がれた事実を反省し、ムドファラクが新たに作り出した竜咆超圧縮弾《サジタリア》の第2段階、竜星狙撃《フューゼミーティア》。避けようとも魔力尽きるまで追跡する8属性の光弾は、あたかも全ての属性に対応可能な自動狙撃兵器のようで死角がない。甲虫に狙撃を邪魔され、邪神の心臓への攻撃が困難だと判断したムドファラクは、甲虫の駆除を優先してこちらの形態に切り替えたようだ。

一方で、ボガの活火山創造の息《ラーバクレータブレス》の対象となった大蛇の有様も悲惨なものだった。自らを盾として火球の進路を塞いだ大蛇、その白き体に火球が触れると、火球はみるみるうちに大蛇の体の中へと埋まっていった。恐らくは強靭《きょうじん》な鱗であろう部位を焼き払い、瞬間的に黒炭にして強引に体内へと捻《ね》じ込まれているのだ。火球が大蛇の内部に到達すると、大蛇の長い体に異変が生じ始める。真っ白だった鱗が瞬く間に焼け焦げ、局部が徐々に隆起を引き起こしていくかと思えば、その先端が破裂して紅蓮《ぐれん》の炎を噴き始めたのだ。まるで体に火山が形成されたかのように、大蛇は口や目からも炎を出しながらのたうち回った。

「シュ……！　ッ……!?」

活火山創造の息《ラーバクレータブレス》の火球は、言わば火山の種火だ。大地に着弾されればその場に火山を作り出し、生物に埋め込まれれば地獄の業火が内部から体を焼き払う。出口を求めて体外へと出ようとする炎が、宿主の体を突き破ろうと火山を模す形となっている訳である。竜の姿となったボガに、非道などという生易しい言葉は通じない。今の彼は、ただただ勝利を求める剛胆なる勇士なのだ。

「――っ！　治癒天陣《リカバリーインボウク》」

トリスタンが唱えた大規模な回復魔法が、苦しみの中にいた甲虫と大蛇に癒しを与える。その頃にはムドとボガの息吹《ブレス》も弱まっており、寸前のところで白のモンスターは息を吹き返したようだ。

「流石《さすが》は竜王、といったところですかな？　いやはや、少々ひやりとしましたよ。私が苦労して捕らえた神柱が、こうも簡単に倒されては堪《たま》りませんからね」

「……神柱？」

「おっと、言っておりませんでしたか。私が率いるこのモンスター達は、地上にて契約を交わした神柱達、前時代の古き神々なのです！　神竜ザッハーカ、神蟲《しんちゆう》レンゲランゲ、神蛇アンラ――貴方達が神獣ディアマンテと神狼《しんろう》ガロンゾルブを倒したお蔭《かげ》で、なかなかに骨が折れましたよ」

前転生神エレアリスが、世界各地に創造した神柱。劣化しようとも、仮にも神とされる者達をトリスタンは配下に置いていた。その出来事に、ムドファラクは何か違和感を覚える。彼女は配下ネットワークで情報を漁《あさ》る際に、斜め読みで目にした事がある。神の職業持ちは、召喚術による必要魔力が数十倍に膨れ上がる。神柱に職業が設定されているのかは不明だが、普通に考えればまず使役は難しい。あの魔力馬鹿な主、ケルヴィンでさえも、メルフィーナを義体でしか召喚できないのだ。

「ふむ、漸く私の話に興味を持って頂けたようですね。でしたら、特別にお教えしましょう。私が代行者から授かったギフトは『亜神操意』。私は第十柱『統率者』。神までも統べる事を許された者です」

◇　◇　◇

「おっと、彼らを倒し掛けたからといって、油断しているのではありませんか？　それはいけません。何事にも油断は禁物、安穏としていては、勝てるものも勝てなくなってしまいますよ？」

トリスタンの大仰な身振り手振りを交えた紹介に、正直なところムドファラクは辟易《へきえき》としていた。この男はいつもそうだ。わざと芝居めいた口調で大げさに話し、場の雰囲気を支配しようとする。もちろん、そんなトリスタンに付き合う気は毛頭なく、エフィルに倣って無関心のまま倒してしまおうとムドファラクは考えている。

「生還者は無事に生還できたようですね。竜王2体を相手に逃げ遂《おお》せ、生き長らえるとは大したものです。貴方方もそうは思いませんか？」

舞台上の台詞《せりふ》が続くも、トリスタンの言葉にムドとボガは反応を示さない。2人はトリスタンではなく、その配下である神蟲レンゲランゲ、神蛇アンラを見ていた。

『会話に絡まれると面倒、ここからは念話に移行する。理解に要する時間も短縮』

『了解だ。で、どうやら相手は下級の神様らしいが、作戦は？』

『作戦？　手負いの格下相手に、作戦なんて要らない。主が好む力押しで十分』

『だよなぁ！　おうし、見解の一致って奴《やつ》だ、トリスタンの野郎が面倒を起こさないうちに、盛大にやっちまおうぜ！』

『承知した。もうすぐ主達も来る頃合い。盛大に花火で出迎えよう』

意思疎通を終えた偉大なる竜王。山のような巨体のボガが前へ、ムドファラクはその後ろへと下がる。ボガの黒岩からは絶えず黒煙が上がり、今にも噴火しそうな火山口を思わせる様子に。ムドの3つの口の前には、色とりどりの息吹《ブレス》が圧縮され始めていた。

「……ふぅむ。あのメイドと同じく、よく教育されているようだ。竜騎兵団の頃とは違うようですな」

「は！　あの頃からてめぇの混成魔獣団は大した事なかったけどな！　アズグラッドの兄貴に竜騎兵団を新設されて、軍の戦力を落としやがったトリスタンさんよぉ！」

「ボガ、無駄話は駄目。まあ、事実だけど」

ボガとムドの煽《あお》りは事実を基にした叫びだ。過去にアズグラッドはトリスタンと方針を違《たが》え、混成魔獣団の団員と竜を別部隊に移し、新たに竜騎兵団を立ち上げた。当然ながら戦力を割かれた混成魔獣団は権威を失墜し、後にトリスタンの取り計らいで戦力は補充されはしたが、一時は最弱の戦闘部隊とまで呼ばれていたのだ。これはトリスタンにしては珍しい、輝かしい人生における唯一の汚点であった。

「ああ、確かにあれは心苦しく、辛《つら》い時期でした。私の為《ため》に残ってくれた部下達、モンスター達も憂いていた事でしょう。ですが、その苦難を乗り越えた私達には恐れるものはありません。人は試練を突破する事で、更なる成長を遂げるのですから！」

「「……」」

だがこの程度で動じるようでは、トリスタンはここまで警戒されるような人物ではなかっただろう。全く意に介する様子もなく、それどころか喜劇悲劇を執り行う演技に拍車が掛かっている。

『——ボガ、もういい。ぶっ飛ばそう』

『だなぁ……』

◇　◇　◇

ムドボガから事前の連絡を受け、あいつらが邪神の心臓に到着した丁度その頃。邪神の心臓、大空洞周辺。義父《とう》さんから転移門を借りた俺達《たち》は、最寄りの場所から一気にここまで駆け上がっていた。かつて奈落の地《アビスランド》を統一寸前にまで至らせた義父さんは、用意周到な事に各地に緊急用の転移門を隠し持っていた。数回分の魔力を自動で補充するガーゴイル型充電器を門の両端に設置して、いつでも脱出、または敵に奇襲できるよう備えていたのだという。そのどれもが未《いま》だに発見されていなかったのだから、どれだけ入念に準備していたんだと驚愕《きょうがく》してしまった。邪神の心臓周りにも、何と東西南北の近場にそれぞれ4門もあったのだ。

その理由を口ではああ言ってはいたけど、たぶんセラとベルの為にせっせと頑張ったんだろうなぁ。そのお蔭で比較的容易に使徒の根城へと攻め込めるのだから、義父さんには感謝せざるを得ない。親馬鹿子煩悩も極まれば、世の為になるのである。

『——ムドとボガがトリスタンと接敵したみたいだ。敵は神柱と見られる竜、虫、蛇が3体。いずれも前に戦った神獣に毛が生えた程度の力。まあ、今のあいつらなら勝負にすらならない相手だ』

『でもお兄ちゃん、神柱は仲間が倒されたら強くなる特性があるんでしょ？　そこは注意しないと！』

『分かってる。だからこそ、シュトラを増援に送るんだからな。頼んだぞ』

『うん！　トリスタンを懲らしめるね！』

念話越しに、シュトラの可愛《かわい》らしい声が耳をくすぐる。元々トリスタンと対話なんてするつもりはないが、俺らの中で真っ向から勝負するならシュトラが最も適任だと思う。昔からの因縁もあるだろうし（俺もありはするが）、ここらで過去のしがらみを是非とも清算してもらいたい。ただ本音を言えば、比較的非戦闘員であるシュトラを、使徒の根城の真っただ中に行かせたくない、という気持ちもあった。恐らく、真の強敵は聖域の中枢にいるのだから。

『陽動組の方はどうだ？』

『良い感じにゴーレムが集まってきたわ！』

『ワシの方も同様じゃ。シュトラのゴーレムに似ておるか？』

『ウォン！』

セラ、ジェラール、アレックスには大空洞の周囲で暴れ回ってもらっている。東側でムドボガがトリスタンと戦っているとすれば、セラ達は北、西、南にそれぞれ散らばっている感じだ。役割は文字通りの陽動、聖域への突入を目指す俺達の目眩《くら》ましという訳だ。ここでポイントになるのが単独での戦闘力が高い事と、後に本隊である俺達と合流させる為に召喚可能である事だ。適当なところで切り上げて、改めて聖域内部で召喚する手筈《てはず》である。

ある程度安全を確保したら、後続としてシルヴィアと刀哉《とうや》の２パーティが転移門より出撃する。状況を見て転移場所を俺達が決め、もはや携帯と化してしまったペンダントを持つ刀哉達に伝える算段だ。短期間ではあるが、ベルに鍛えてもらった甲斐《かい》はあった筈《はず》だ。なぜか途中で義父さんも参戦していたが、大丈夫な筈。うん、たぶん。

一方で、俺と共に疾走中なのが本隊＋１に組するエフィル、リオン、アンジェの３人。メルフィーナとクロト戦闘体は緊急時に備えての待機組で、今は俺の魔力内にいる。特にメルフィーナは使徒達がやたらと気に掛けていたからな。できるだけ居場所は探られたくないのだ。

……本隊＋１の＋１は何かって？　ハハハ、何を言ってるんだ。俺達の最終兵器であるコレットさんに決まってるじゃないか。そのまま走ったら俺達に追い付けないんで、俺がお姫様抱っこしながら運んでる最中だよ。

「ハァ、ハァ……！」

いや、冗談ではなく、本当にコレットには大役を任せているんだ。今だって巫女《みこ》の秘術を使い、俺達の気配は全く探れない状態となっている。デラミス大聖堂でメルとやった結婚式の予行練習の時、コレットが隠れていたあの秘術だ。俺達に施された透明な結界は、姿を視認する以外の方法では察知できず、アンジェやセラの域であろうと無効化する。今更ではあるが、神はデラミスの巫女に過ぎた力を与え過ぎな気がする。そりゃ巫女側も妄信するわ。

『っと、こっからが邪神の心臓か。深《ふ》っかいなー』

『私も外側から眺めるのは初めてかな。巨大な落とし穴、ううん、冥界に繋《つな》がる黄泉《よみ》への道？』

大空洞は下部へ下部へと底が見えない程に穴が延びており、壁面は刺々《とげとげ》しい岩で覆われていた。この辺りまで来ると瘴気《しょうき》も凄《すさ》まじく、岩肌の1つ1つが呪われた剣のようになっている。穴のサイズも規格外で、ここからでは対岸が見えない。飛翔《フライ》で飛んで降りるとか、何らかの手段を講じないと危険だ。

「ベルの話じゃ、聖域への入り口は数カ所あるらしい。ただ、その場所は毎回変化して、聖鍵《せいけん》がないと正しいルートが分からず、聖域にも入れない。そこでコレット、お前の出番だ。同じデラミスの巫女であるコレットなら、秘術が施されている場所に違和感を覚えるだろう。俺が魔法で瘴気からお前を護《まも》るから、その間に入り口を探してくれ。……できるか？」

「スゥ、ハァ――いけます！」

うん、期待してる。信頼もしているが……できるなら、この瘴気が溢《あふ》れる大空洞内では深呼吸しないでほしい。

◇　◇　◇

瘴気が渦巻く大空洞内での入り口探しが始まった。コレットを抱っこしながら飛ぶ俺を中心に、多首火竜《パイロヒユドラ》に乗るエフィル、天歩で宙を蹴り進むリオンとアンジェがその護衛に回る。これだけ広大かつ毒素を含む大穴だ。直《す》ぐとまではいかなくとも、できるだけ早い段階で発見しておきたい。

「キィシャー！」

だが、ここは禁忌の地とされる邪神の心臓。簡単には探索させてくれないようで、使徒以外にも障害が現れるものなのだ。耳障りな叫びを撒《ま》き散らせながら、前方からムカデ型の巨大モンスターが迫って来た。羽がない筈なのに、数え切れない数の足をバタつかせ、大口を開けながら一直線に飛来している。コレットの秘術は察知系のスキルは無効化するが、目には普通に映ってしまう。となれば、モンスターに視認されれば、襲われるのが道理だ。

鑑定眼で見ると、デスプレスという種族名とS級モンスター並のステータスが並んでいる。大空洞を取り巻く瘴気が原因なのかは不明だが、どうもこの辺りは高レベルのモンスターが出現してくれるらしい。遂《つい》に真の夢の国を発見してしまった喜びを噛《か》み締め、されど喜びたいのを我慢しながらエフィル達に撃退指示を飛ばす。

『僕は斬るねー』

『私は首狩るねっ！』

『それでは、私は焼却します』

それからの決着は瞬く間に終わっていた。稲妻反応《ライトニングエンハンス》の雷鳴の軌跡を眩《まばゆ》い光として残し、まずリオンがデスプレスの全身を一瞬で斬り刻む。２手目のアンジェはいつの間にやら首を落としていたようで、デスプレスの巨大な頭部は奈落の底へと真っ逆さま。辛うじて残った胴体も、既にエフィルの矢で消し炭となっており、多首火竜《パイロヒュドラ》の大口に飲み込まれてしまった。あの大きな体の面影は、今やどこにも残っていない。

頼もしい、頼もしいけど、俺も混ざりたかった……！　それが今の正直な感想だった。

「S級モンスターだろうが何だろうが、コレット、必ずお前を護ってやる。だから安心して探索に集中してくれ。……おい、また息が荒くなってるけど、本当にいけそうなのか？」

勇気付けようとしてコレットにそう話すと、彼女は――その、何と言うか、絶頂の最中にいるようだった。瞳の焦点が合ってなく、これまで以上に息を喘《あえ》がせている。一言で言い表せば、情欲的になっていたのだ。俺のローブを握る指の力も強くなっている。

「フゥ、フゥ……い、いえ。ケルヴィン様から勇ましい激励を頂けて、少々理性のタガが外れそうになってしまいまして。大丈夫、踏み止《とど》まりました、大丈夫です……！」

メルフィーナ先生、助けて。

『あなた様、ファイトです。今のコレットは良い意味でトランス状態になっています。つまりは最高のコンディション、これならば早期発見も夢ではありません！』

マジでか。俺にはどう見ても、悪い意味でトランスしているようにしか思えないんだが。

「ご安心ください。メルフィーナ様の残り香を含んだ、ケルヴィン様の神・芳・香！　を間近に嗅いだ私の嗅覚は、今、最っ高に研ぎ澄まされていますっ！　どれほど巧妙に隠そうとも、同じデラミスの巫女として扱った秘術であれば、私から逃れられる事は叶《かな》わないのです！」

魔力とかじゃなくて、警察犬みたいに嗅覚で探すのか。巫女の秘術、それで良いのか……

『アンねえ、今度は前と後ろからモンスターが来てるよ！』

『背後は私がカバーするから、リオンちゃんは前をお願い。エフィルちゃん、援護よろしく！』

『お任せください』

デスプレスとの僅かな戦闘音を聞きつけたのか、モンスターに見つかるペースが早くなってきた。今のところはいくら来ようと瞬殺するので問題ないが、あまり数が多くなると、使徒に場所を勘付かれる可能性が高くなる。これは急いだ方がいいな。

「メルフィーナ様が何時如何《いついか》なる時に顕現されても、一片の無駄もなく天上の香りを感じ取る。常に嗅覚を鍛え続け、祈りによる加護を頂戴した私に死角はありません！　この程度の洞穴など――発見致しましたっ！」

マジでか。マジでか。

「ここより更に下った4ヵ所に、巫女の秘術の残滓《ざんし》らしきものを感じました。最寄りの場所に案内致します。あちらへ！」

「お、おう」

もしかしなくても、嗅覚においてはコレットが世界一敏感なんじゃないかな、これ。少なくとも、確実に我が家のアレックスより鼻が利いている。

ま、まあ何はともあれ、聖域への入り口が分かってしまえばこっちのものだ。迫り来るモンスターを悲鳴を上げる暇も与えずに撃破しながら、ガンガン突き進む。下に行くほど辺りの瘴気が濃くなるが、聖域内は汚染されていない筈。女神の指輪の状態異常耐性もあるし、この調子なら余裕で間に合う——

「——と、思ってたんだけどなぁ」

「やあ、久しぶりだねぇ」

出入り口を隠した箇所だと思われる、大空洞の洞穴。その前には生還者、ニトが時機を窺《うかが》っていたかのように、この辺りでは珍しくも平坦《へいたん》な地面で胡坐《あぐら》をかいて座っていた。

「そういやムド達《たち》から、生還者のおっさんの姿がないとかの連絡があったな。なるほど、ここで侵入者を待ち構えていたって訳か」

「ああ、いや、何と言うかその、ね……」

臨戦態勢を整える俺達に対し、生還者はなぜか申し訳なさそうな顔をして、胡坐をかいたまま立ち上がろうとしなかった。

「実を言うとねぇ……おじさん、使徒としてのオーダーを達成しちゃったせいか、聖域に入れなくなっちゃって。ハハハ、ハハ、ハァ……たぶん、君らが持ってる聖鍵《せいけん》も使えないねぇ……」

生還者の乾いた笑いが哀愁を誘う。どうやらこの生還者、聖域内に入れずここで意気消沈していたらしい。

「あ、おじさんに戦意はないからね。おじさんに構わず、自由に通っていいよ。おじさんは終わりの見えないマラソンにちょっと疲れちゃってさぁ、ここで休憩してるだけだから」

「死なないのに疲れるのか？」

「そりゃ、おじさんだっていい歳《とし》だもの。疲れは蓄積するもんだ」

「難儀な体してんのな……だけどな、一応カテゴリー上お前は敵なんだ。戦わずとも拘束はするぞ」

「それもお断りしたいねぇ。そうなればおじさん、全力で逃げるけどいいの？」

──生還者の手元に奴《やつ》の刀がない。どこかに隠したか。

『ケルヴィン、私が捕まえちゃう？』

『いや、こいつの体を捕らえたところで、また前と同じ結果になるだけだ』

俺の予想が正しければ、本当の意味で捕まえるには、あの刀をまずは何とかしないといけない。この状態から捜し出すのは、流石《さすが》に骨が折れる。

「これはおじさんからの提案なんだけどさ。おじさんを見逃してくれれば、もうケルヴィン君のパーティには関与しない事を約束しよう。口約束だけどね」

「それを信じろと？」

「貯蓄のないおじさんには、もう証明する手段がないからねぇ。正直な話、もうおじさんは使徒でも何でもないんだ。さっき、言っただろう？　オーダーを達成したって。意味合いは変わるけど、君達をここまで招待したからねぇ。要するに、そこにいる暗殺者や、この前使徒を辞めた断罪者と同じ状態なんだ。後はおじさんの願いが叶《かな》うのを待つだけで、代行者達に組する理由がないって事さ」

生還者、もといニトに戦意は相変わらずない様子だ。しかし、このまま奴の言い分を鵜《う》呑《の》みにする事はできない。

「……一応聞いておくが、お前の願いは何だ？」

「どこにでもある、つまらない願いさ。おじさんを拘束した時に色々聞き出したよね？　生前は獣人で、虎狼《ころう》流剣術の創始者をやってたんだ。でもさ、おじさんが生きているうちに、これだ！　っていう後継者を育てられなくてね。道場は今でもそこそこの規模でやってるようだったけど、おじさんは正真正銘、真の虎狼流を次世代に残したいんだ。願いは、『おじさんの納得のいく後継者が欲しい』だよ」

◇　◇　◇

邪神の心臓を中心に、西側に隠されたグスタフの転移門が起動する。開かれたゲートの光、その中から4人の人影が現れた。

「ここが邪神の心臓、か……」

「う、邪気が酷《ひど》いわね」

「ここはまだ秘匿された祠《ほこら》の中、外はもっと酷いらしい」

「ええっ……」

ゲートから足を踏み出したのは、刀哉《とうや》ら勇者パーティだった。ケルヴィンの指示を受け、ムドとボガが現在戦っている方とは逆側の転移門から、援軍として参戦したのだ。この区画ではアレックスが陽動として戦っており、それを引き継ぐ形で集まる敵と戦う予定になっている。

「兎《と》も角《かく》、まずはここから出よう。雅《みやび》が言う通り、外の瘴気《しょうき》は更に酷いと思う。きついと感じたら白魔法で回復するから、俺か奈々《なな》に言ってくれ」

「それじゃ、外に出ましょ。先頭は刀哉、次に私が出るわ。雅は出たら直ぐに鬼を準備して」

「了解。今こそ大黒屍復讐鬼《グレイブデスオーガ・リベンジャー》の真の力を見せる時」

「き、気を付けてね」

薄暗い祠を抜けると、外から不気味な光が射《さ》しているのが見えた。太陽光ではない。もっと、血のように紅《あか》い光だ。このような光景はシルヴィア達と奈落の地《アビスランド》を旅して多少は慣れたが、やはり生理的に受け付けない感覚に陥ってしまう。それでも、ここを抜け出さない訳にはいかない。自分達は、厳しい地獄の如《ごと》き特訓をやり切ったのだ。それに比べれば、怖くも何ともない。刀哉達は皆そう思い、祠の外へと進み出た。

「「「「うわぁ……」」」」

振り絞った勇気はどこにいったのか、４人は揃《そろ》って言葉にできない気持ちを、その言葉に籠《こ》めて洩《も》らしてしまった。外には数え切れないほどの瓦礫《がれき》の山が、否、ゴーレムの山が築かれていたのだ。いったい、何機のゴーレムがここにいたのだろうか？　すっかりスクラップになってしまった人形達は、そうなる前はさぞ恐ろしいモンスターだったのだろう。どの機体を見ても、地上のゴーレムとは異なる造形をしており、構造も複雑。明らかに重火器のような砲身があるし、パーツの一部分だけを抜き取っても、自分達より大きいものまである。

「グルルルゥ……！」

そんな瓦礫の山々を縫うようにして、黒毛の巨体が顔を出した。ケルヴィンの配下である大狼《たいろう》、アレックスだ。口に見た事もない巨剣を咥《くわ》え、心から恐怖を煽《あお》るような唸《うな》り声を上げていた。魔王城で見たリオンやシュトラと遊ぶシーンでは、大き過ぎるペットといった印象しか受けなかったのだが、この場面では怖過ぎた。それはもう、ピカピカに打ち直した勇気を叩《たた》き割りに来る勢いだった。

「ア、アレックス、だよね……？　ほら、私、奈々だよ！」

「ワゥ？」

固まる勇者の中で最初に動き出したのは、意外にも奈々であった。大きなリュックと大きな胸を揺らしながら、戦闘態勢に入っているアレックスに近づいて行く。

「ええっと、分かるかな？　遠目で見てただけだったけど、私達も魔王城にいて……そう、ケルヴィンさんの弟子の！」

「……ワォ！　グオォン、ウォンウォン！」

「そうそう！　ベルさんの特訓で生死を彷徨《さまよ》った、その4人だよっ！」

「「「……」」」

『動物会話』の固有スキルを持つ奈々は、アレックスと会話ができているようだった。奈々の言葉にアレックスはすっかり警戒心を解いたのか、咥えていた巨剣を地面に突き刺してちょっとした地響きを引き起こす。今は奈々との会話に夢中な、少しばかり大き過ぎる愛玩動物、といった雰囲気に戻っている。

「神埼《かんざき》君、状況が呑《の》み込めたよ。ここに積み上がったゴーレムの山、全部アレックスが倒した敵なんだって！　私達が転移する少し前に片が付いたばっかりで、ちょっとだけ私達を警戒しちゃってたみたい。おっちょこちょいだよね、アレックス」

「クゥーン……」

「そ、そうか。うん、そういう事もあるよな……」

会話を通じてアレックスの内面を知った奈々は朗らかに微笑《ほほえ》み、アレックスは叱られた後の犬のようにしょげているが、残された3人は先ほどとのギャップにまだ追い付けていなかった。頬を引きつらせ、無理に笑顔を作る事しかできないのだ。

「ガウ、ガーウガウ、ウォン」

「うん、そうだね。私達も何とか頑張るから、よろしくね」

「……奈々、今度は何だって？」

「えっとね、今は一区切りついたけど、一定間隔でそこの大穴からゴーレムが這《は》い上がって来るんだって」

奈々の言う大穴とは邪神の心臓、大空洞の事だった。崖かと思い込んでしまいそうな底の見えない奈落は、地図上で見れば円の穴になっているらしい。そんな広大な底から、ゴーレムの軍勢が現れる。恐らくはこれまでに体験した事もない戦いになるだろうと、刀哉と刹那《せつな》は改めて決意を固めた。

「あと、ケルヴィンさんの所に行くまでにまだ時間はあるから、それまで頑張って共闘しようね。って言ってる」

「ウォン！」

「僕も頑張るよ、だって。ふふ、アレックス可愛《かわい》いなぁ」

「クゥーン……」

「……」

片や緊張感の欠片《かけら》もない様子で、アレックスの首元の黒毛に抱きつくように、わしゃわしゃと撫《な》でまわす奈々。よほど心地《ここち》好《よ》いのか、双方至福の顔をしている。3人は、黙ってそれを見て——

「狡《ずる》い、私も触りたい」

——いや、雅も参戦の意思を示したようだ。

「……まあ、下手に緊張するよりは良いのかな？」

「そうだな。師匠がアレックスが護《まも》るここを選んだのも、そんな意図があったのかも」

2人と1匹が戯れる光景に、刀哉と刹那も良い感じに心を落ち着かせる。ちなみにであるが、当然ながらケルヴィンにそんな意図は全くなかった。

「——ガウ？　グゥルルルゥ……！」

「えっ？」

地面にゴロゴロと転がっていたアレックスが、急に立ち上がって大穴の方を向き出した。地面に突き刺した巨剣を咥え直し、唸りを上げながらそちらを睨《にら》み付けている。

「どうしたの？」

「う、うん。邪神の心臓から、強い臭いがこっちに向かってるって」

「ゴーレムか!?」

「ううん。ゴーレムの鉄の臭いじゃなくて、もっとこう、か、加齢臭、みたいな？　瘴気に隠れて上手《うま》く嗅ぎ分けられないけど、そんな感じみたいだよ」

「「か、加齢臭……？」」

奈々の言っている事はよく分からないが、アレックスは警戒している。その事実が自然と刀哉達《たち》を戦闘態勢へと導いた。

「グゥル……！」

「来る……！」

襲撃を確信したアレックスと、それを翻訳する奈々の声。アレックスと刀哉を先頭に、刹那、雅、奈々が武器を構える。

「――とうっ！」

大穴から、勢いよく飛び出した人影。大きく跳躍したそれは、刀哉達の前に着地しようとする。

「あっ……」

そして着地際に足を挫《くじ》き、情けない呟《つぶや》きと共に転んでしまった。転んでしまったのだ。

「……よいしょ、っと」

「「「「……」」」」

何とも言えぬ空気の中、古ぼけた衣服に付着した土を払い、何事もなかったかのように男は立ち上がる。つやがなく乱れた頭の中年男は、わざとらしい咳払《せきばら》いを何回かして、改めて刀哉達に向き直った。

「……そこの下げ髪の子」

ふと、中年男が刹那に向かって指を差し出した。そのギラついた目に一瞬萎縮してしまいそうになるも、刹那は睨み返す気持ちで足を踏み締め、刀の柄《つか》に手を当てる。

「君が噂《うわさ》の『女子高生』だねぇ！　うんうん、不思議と心が豊かになる響きだ。それに、噂に違《たが》わぬ綺麗《きれい》な黒髪は、如何《いか》にもトラージの女性らしい美しさを感じちゃうねぇ。いやはや、おじさん年甲斐《としがい》もなくハッスルしちゃいそうだよ。ハッハッハ！」

((((うわぁ……))))

思いもよらぬ中年男、生還者の発言に一同は一歩後退したという。

◇　◇　◇

「えっ？　ちょっと、何でそこで後ずさりするの？　おじさん、何か変な事言った？」

皆が皆、自分から離れているのを見て、生還者は少し焦り出した。後退しているのもそうなのだが、なぜか表情までもが、変態を見るような目付きになっているのだ。この対応には不死のおじさんも心に大きなダメージを負ってしまう。

「な、何でと言われましても、えと、その……」

その中でも、一番怖がっていた奈々が言葉を淀《よど》ませた。彼女にとってこれは、デラミスで鍛えた精神力とは、また別ベクトルからの精神攻撃だ。こういった事には、まるっきり耐性がないのだろう。

「貴方《あなた》の言葉には過分なセクハラが含まれている。と言うか、台詞《せりふ》全てがセクハラ。もっと言えば、貴方の存在自体がセクハラ。是非とも滅されてほしい」

雅が的確な指摘をしてくれた。他の皆々もうんうんと首を縦に振っている。

「いやいや、セクハラって何なのさ!? だって、君は『女子高生』なんでしょ？　おじさん、間違った事言ってないよ？　ただ、彼女を『女子高生』のそれに掛けて褒めただけで——」

「——自覚がないとは万死に値する。やはり滅されるべき」

「ええっ……」

ただ、こちらではそういった文化がないのか、生還者はセクハラの意味を理解していないらしい。最早《もはや》、雅の嫌悪の視線はケルヴィンに向けるそれ以上のものになっている。刹那と奈々も同様だ。おまけに刀哉とアレックスなんて、まるで変質者から女子を護るように、彼女らを隠すような形で前に立ち塞がっていた。おじさんの焦りは頂点に達する。

「……ワゥン？」

そんな一触即発の雰囲気の中、アレックスに念話が届いた。ケルヴィンからのようだ。

「……ガゥ、ガーウガウ？」

「ア、アレックス、どうしたの？」

何やら不思議がっているアレックスに、奈々《なな》が戸惑いながら聞いてみた。今は少しでもアレックスと触れ合って、この荒《すさ》んだ心を癒したい心境のようだ。ちなみに、おじさんの心もズタズタに切り刻まれている。

「クゥーン、グゥル……」

「え、何で!?」

申し訳なさそうに話すアレックスに、それを受けて驚く奈々。刹那はこの時、とても嫌な予感がした。

「奈々、どうしたの？」

「そ、それが……アレックス、もう行かないといけないって！　この場の死守は私達に一任するって！」

「「――っ!?」」

衝撃、勇者達に途轍《とてつ》もない衝撃が走る。自分達だけで変質者《これ》を相手するの？　と。

「ちょ、ちょっと、だから何でそんな反応するのさぁ。流石《さすが》の温厚なおじさんも、我慢に限界があるよ？」

「遂《つい》に正体を現した。きっと我慢できなくて私達を襲う気、絶対そうする気……！」

「いやぁー！」

「くっ、それ以上近付いたら斬る……！」

「おい、アンタもいい歳《とし》なんだから、やって良い事と悪い事の区別は付けるべきだぞっ！

大人だろっ!?」

今となっては何を言っても後の祭りである。ベルやエストリアの（生還者的には心地好い部類の）罵倒とは違い、本気で避けられている分、おじさんのショックはとてもリアルなものだった。

「フ、フフッ……」

（（何か泣きながら笑ってる!?））

ストレスは限界を超え、生還者に重くのしかかる。ゆっくりと、その右腕は自身の刀の柄へと伸びていった。

「躾《しつけ》のなってない子供には、大人が教育してやらないとねぇ。おじさん、ちょっと頭にきたよ。弟子云々《うんぬん》の話は一旦取り止《や》めだ。先に君らを、斬《たた》き直すっ……！」

実のところ、生還者は抜刀術に長《た》けた逸材がいる事をケルヴィンから教えられ、ここにやって来ていた。それも美少女で剣の道を真剣に志していると聞いたものだから、それはもうワクワクしながらやって来たのだ。『女子高生』という言葉の意味は分からなかったが、不思議と更に心躍るエッセンスとなり、尚更《なおさら》虎狼《ころう》流を継がせたいという想《おも》いが強まった。なのに、来てみればこの反応だ。これはもう、自分の剣術で平伏させるしかない。生還者は心を半泣きにさせながら、それを実行に移そうとしていた。

「グルルル……」

「う、うん。こっちは何とかするから、アレックスも頑張ってね？」

「ウォン！」

アレックスの巨体から眩《まばゆ》い光が放ち出し、光の粒子となって消えていく。召喚が解除されて、ケルヴィンの元へ戻ったのだろう。

「ふーっ……皆、油断するな。こいつ、強いぞ……！」

聖剣ウィルを二振りの剣に変化させながら、刀哉《とうや》が戒める。刹那、雅《みやび》、奈々は恐怖を喉奥に押し込んで、戦う決意を固めた。

「ムンちゃん、来てっ！」

「大黒屍復讐鬼《グレイブデスオーガ・リベンジャー》」

「斬鉄権、常時執行状態……！」

最初から全力である。赤き火竜が奈々のリュックから飛び出し天を舞い、雅の黒魔法によって地獄の悪鬼が蘇《よみがえ》る。そして刹那がケルヴィンから託された刀、涅槃寂《ねはんじゃくじょう》静に絶対の権能が備わった。

「そうか、君らがデラミスの勇者様かい。うちのお嬢さんよりも、弱い事を願いたいねぇ」

対する生還者は左手を鞘《さや》に、右手を刀の柄に当てた居合の姿勢。その瞳に今や涙はなく、宿るのは侍としての眼差《まなざ》しだった。

「ギュアー……」

空より様子を窺《うかが》う火竜のムンが、低い唸《うな》り声を地上に降らす。生還者からは、先ほどのような茶化した雰囲気は感じられない。一歩でも動いてしまえば戦闘が開始されるかのような緊張感が場を支配し、ムンの鳴き声が地面に染み渡るほどに、辺りは静かだった。

「刹那《せつな》、無暗《むやみ》に近づくな！　まずは動きを止めるっ！　栄光の聖域《グローリーサンクチュアリ》！」

「私も続くね。氷天神殿《フローズンテンプル》」

先に動いたのは刀哉と奈々だった。今の時点で判明している使徒の能力は、刀哉達にも資料として渡されている。背格好からして、この男は第9柱の生還者だと刀哉達は判断した。手にする刀による高速抜刀術と、エフィルの爆撃でも死なない不死能力者だ。そこで勇者達はまず、師匠であるケルヴィンから習った拘束魔法と奈々が得意とする範囲凍結魔法で、生還者の動きを制限しようと試みた。

詠唱の終了と同時に戦場一面が氷漬けに、更に10柱の氷柱が青いオーラを天辺《てっぺん》に灯《とも》しながら地面より突き出され、生還者の周囲には3つの輪が顕現する。

「――片っぽは、経験した事があるねぇ」

生還者の刀に掛けた手が、一瞬ぶれた気がした。かと思えば次の瞬間、栄光の聖域《グローリーサンクチユアリ》による拘束輪が、3つ纏《まと》めて斬られてしまっていた。

栄光の聖域《グローリーサンクチユアリ》には拘束効果の他に、パーティ内のステータスを上昇させる力もあるが、その期間は対象が輪に囚《とら》われている間だけ。しかし、この魔法は発動さえしてしまえば、捕縛された後に輪を破壊する事でしか、逃れる術《すべ》はない筈《はず》だった。できたとしてもアンジェ並の超スピードが絶対条件であり、輪が出現して収縮するまでのほんの僅かな時間だ。そう易々《やすやす》と斬れるものではない。

「……っ！」

刀哉は表情には出さないよう努めたが、内心では心臓がバクバクと動いていた。そもそも、刀を鞘から出した動作が全く見えなかった。あの刀がどんな刀身をしていて、どのような軌道を描いて自分の魔法を斬ったのか、全く認識できなかったのだ。

(これが、師匠の敵……！)

これまで戦ってきた敵とは別次元の、未知の領域。生還者が自分達よりも上手である事は明らかだ。

「すまないねぇ。おじさん、刀を振るう速さだけなら、暗殺者にも匹敵するから――おじさんの射程圏内に入らないよう、気を付けないとねぇ」

忠告でもするかのように、生還者がそう口にする。そして一気に駆け出し、前に出た。

体勢は変わらず居合の構え。いつでもどこでも、接敵した瞬間にあの斬撃が飛んで来そうだ。

「くっ！　皆、気を付け――て？」

「……あり？」

生還者は勢いよく前に飛び出した。飛び出したのは良かったが、その速力はとてもとても遅く、鈍いものだった。生還者本人も途中でその違和感に気付いたようで、微妙にやっべぇという表情を作っている。

「か、神崎《かんざき》君！　私の魔法、効いてるよっ！」

「――攻撃、総攻撃！」

「ちょ、待っ――」

生還者の頭上に、ムンの炎やら何やらが降り注いだ。

◇　◇　◇

刀の柄に手を当て、私はある一点を見詰めていた。

ムンの特大息吹《ブレス》と雅の黒魔法が炸裂《さくれつ》して、変質し――おじさんのいた場所に、巨大な爆炎と爆風が舞い上がる。奈々の氷天神殿《フローズンテンプル》で動きを抑制できていたし、避けたなんて事はまずないと思う。古竜であるムンの炎は火竜の中でも随一、一身に浴びれば跡形もなく燃え焦げてしまうだろう。たぶんそれは、刀哉も同じ考え。黒煙が消えてそこに何も残っていない事を確認し終えて、漸《ようや》く私達《たち》は緊張を解いた。

「強いのかドジなのか、よく分からなかった」

「う、うん、そうだね。あはは……」

雅と奈々はやや暗い雰囲気だ。ああいう輩《やから》は初めてだったから、かなり動揺しちゃったんだと思う。そんな風に言う私だって、実は焦っていた。うーん、違った意味で身の危険を感じると、やっぱり想定する動きと違ってしまう。慣れたくはないけど、どうにかしないとなぁ。

「よし、これでここは安全だな。次のモンスターの襲来に備えて、今のうちに準備を整えておこう！　雅、師匠に使徒を倒したって連絡してくれるか？　もし戦闘中だったら通話だと大変だから、メールでね」

刀哉の言葉に、雅はケルヴィンさんから貰《もら》ったペンダントを何やらタタタンと押し始めた。うう、どうして指先であんな摩訶不思《まかふし》議《ぎ》な動きができるのかしら……？　雅、パソコンの打ち込みもびっくりするほど速いし……

「了解。変質者という名の第9柱、ここに眠る、と――」

「誰が眠るのかねぇ？」

――バァリィ――――ン！

周囲を蒼《あお》き光と氷で満たしていた、奈々の氷柱、その10柱の全てが突如破壊された。いえ、それよりもこの声は、さっきの!?

「くっ！」

声のした方へ顔を向けると、氷天神殿《フローズンテンプル》の範囲外であった離れた場所で、焼却した筈のおじさんが変わらぬ姿で刀を構えていた。おじさんは死んではいなかったんだ。でも、何であんな離れた場所で抜刀体勢を……？

あ、刀を抜く。私は長年培った経験とおじさんの纏う殺気から、何となくそう感じ取った。しかも、あの攻撃は届く。

「――刀哉、構えて！」

一応の注意喚起はしておく。だけど、刀哉が私の声に反応するよりも、おじさんが刀を抜く速度は速かった。鞘から刀を抜いて、振り抜き、また鞘に収める。この動作の流れが尋常なスピードじゃない。ケルヴィンさんから貰った涅槃寂《ねはんじゃくじょう》静の恩恵を得て、紙一重で対抗できるかどうか。

「抜刀・燕《つばめ》」

極一瞬に剝《む》き出しとなった刀剣から、何かが飛来する。これは――斬撃だ。それも、恐ろしく鋭く速い。咄嗟《とっさ》に私は刀を抜く。

――キィン！

「く、うっ！」

鍔《つば》迫り音が散る。偶然だったのか、奇跡だったのかは分からない。だけど確かに、私はその斬撃に抜刀した刀を当て、斬り伏せる事ができた。自分でも驚きだけど、特訓の成果は出ているらしい。

「うおっと？　おじさんの燕に反応できるなんて、凄《すご》いねぇ。抜刀する速度と同じ速さで進む筈なんだけどなぁ」

「ど、どうも……」

……リオンちゃんの飛ぶ斬撃を経験しておいて良かった。そのお蔭《かげ》で何とか判断が間に合った。奈々《なな》の氷天神殿《フローズンテンプル》を破壊したのは、たぶんこれね。って、つまりは連射可能？　それは、うん、ピンチだ。

「奈々と雅は後ろへ！　あの人、リオンちゃんみたいに斬撃を飛ばしてくる。斬撃自体はリオンちゃんより軽いけど、速さが普通じゃない！」

一発ずつなら何とか。でも、連射をされたら私も捌《さば》き切れない。そうこう考えているうちに、おじさんは次の抜刀体勢になっていた。

「ギュアー！」

それを隙と見たのか、空のムンが息吹《ブレス》を降らす。またおじさんの体が炎に包まれ、炎の衣を纏う事となった。紅蓮《ぐれん》の炎による一方的な攻撃。これを逃れる術はもう、いや、それはさっきも同じだった……！

「うへぇ。死ぬほど熱いけど、おじさんが死ぬほどじゃないねぇ。強いて言えば息苦しい」

「ギュ、ギュア？」

やはり駄目だ、焼けるよりも再生する方が速い。焼け焦げながら、ムンの息吹《ブレス》を無視するように私達を見てる。

「反応できる方がおかしな速さだ。おじさんこんな状況だし、体力ないからこれで終わってくれると助かるなぁ」

「刹那、俺もカバーに入る！」

二振りの聖剣に天上の神剣《ディバインセイバー》を施した刀哉が、私の横に並ぶ。この光剣なら、近付くだけであの斬撃を弱める事ができるかもしれない。

「抜刀・鷹《たか》」

今度の斬撃は単発じゃなかった。刀が空気を伝う音が、少なくとも十数回はした。しかも殆《ほとん》ど誤差がなく、斬撃を重ねるように飛ばしている。

でも、それなら私にとっては逆に好都合。誤差なく重ねて飛ばしてくれるなら、纏めて斬ってしまえば良い。

──ギギィーン！

よし、段々目が慣れてきた。刀哉《とうや》の剣がある分、初撃よりも楽だったかもしれない。

「……あれ、これも普通に斬っちゃうの？」

おじさんにとって、あの斬撃を防がれたのは想定外だったらしい。さっきよりも驚いてる。

だけど、このままじゃジリ貧なのは間違いない。ムンの方は一旦攻撃を止めさせて、今は待機中。迂闊《うかつ》に近づくと危険なのは分かってる。何とかして致命傷を与えたいところだけど、ムンの炎でも駄目だとすれば、後は──

「──あの刀、取り上げよう」

「ゴホッ!?……えっ、何だって？」

……動揺した？

「刀って、あの人のか？」

「ええ。倒す事ができないなら、もう無力化するしかないわ。刀がなければ拘束できるだろうし。最悪、私が鞘ごと刀を斬るから」

「い、いやぁ、それは止《よ》しといた方がいいんじゃないかなぁ？　ほら、刀は侍の命だよ？　些《いさ》か卑怯《ひきょう》なんじゃないかなぁ？」

「「「……」」」

ちょっと、反応がわざとらしい。元々あった怪しさポイントが3割増しになってる。

「よし、俺も一緒に飛び込もう」

「了解、援護する」

「わ、私も援護するね！」

それでもこの作戦に皆の意見は満場一致で賛成だった。これしか手がないと思えば、逆に迷いがなくなるというものなのかしらね。それじゃあ、行きましょうか。

「……マジかい？」

「大マジよ。あと、おじさん。私の名前は女子高生じゃないから」

「へぇ。それじゃあ変質者のおじさんに、本当の名前を教えてくれるかい？」

「――志賀《しが》刹那《せつな》、よっ！」

柄にもなく名乗り上げ、刀の柄《つか》を片手に前に踏み込む。この辺は師匠《ケルヴィンさん》の影響だろうか。心なしか、ちょっと楽しくなってきた。

地獄の特訓のお蔭で、刀哉との息はバッチリだ。先頭を走る私の後ろにしっかりと位置取り、天上の神剣《ディバインセイバー》の効果範囲がすっぽりと私の抜刀範囲に収まっている。更にその後ろには、雅《みやび》の悪鬼が続く。

一方でおじさんは、素直には来させまいと刀を抜こうとしていた。

「刹那ちゃんねぇ、おじさん覚えておくよ。そいじゃ、抜刀・椋《むく》ど、りっ？」

奈々が陰で詠唱していた這い寄る氷《フロストバウンド》が、おじさんの足元を伝い膝下までを凍らせる。下半身が使えなければ、抜刀術を使う事はできない。今のうちに近付くっ！

「なんてね」

──ザシュッ。

「おいおい！」

「自分の足をっ……！」

なんて思ったのも束《つか》の間。おじさんは自分で自分の足を斬り落とし、即時再生させてしまった。足が再生した瞬間、氷漬けにしていた元々の足は煙のように消える。何なの、この人？

◇　◇　◇

「そいじゃ、おじさんも改めていきますかね」

たとえ相手が持ち直そうと、駆け出した足は止められない。それが足を斬り落とすまでの一瞬だったとしても、奈々の魔法は確かにおじさんを足止めした。これが最大のチャンスである事に変わりはないのだ。

「2人とも、先頭を代わる」

悪鬼に乗った雅が、乗り場所を肩から背中に移りながらそう言い放つ。これにより、先頭を悪鬼（背に乗る雅）、次に私、最後尾を刀哉が進む順番となった。

「へえ、その鬼さんを盾代わりにするのかな？　まあ、おじさんのやる事は変わらないけどねぇ」

悪鬼より前から漂う殺気が、攻撃が来る事を予期している。

「抜刀・椋鳥《むくどり》」

「させない！　氷結晶の盾《アイシクルシールド》！」

おじさんが刀を抜く寸前に、奈々が悪鬼の目の前に分厚い氷晶の盾を出現させる。この魔法は対象と共に移動が行え、鉄壁の盾による突貫攻撃をする際に用いる。突破力に優れた雅の悪鬼に施せば効果は絶大、最強の矛であり、最強の盾でもあるのだ。だけど――

「――駄目、もたない」

飛来する斬撃は無数だった。鷹とかいう幾重にも重ね掛けした強力な斬撃ではなく、ばらばらに分散させてショットガンの弾みたいに飛ばす、面での斬撃。1つ1つの威力は弱い筈《はず》。それでも刀哉の聖剣がある中で、奈々の氷盾を剝がしていくには十分な威力を保っているようだ。斬撃が当たる度に盾の節々が砕け散っている。もしかして、私が斬ったあの斬撃ってかなりやばいやつだった？

「もう盾が壊れる。この分だと、その後に大黒屍復讐鬼《グレイブデスオーガ・リベンジャー》が耐えられるのは、ものの数秒。

刀哉、キャッチして」

「ああ、早く来いっ！」

雅が悪鬼の背から飛び降りて、一度剣を収めた刀哉に受け止められる。

「これが数多《あまた》の婦女子を惑わせた刀哉の抱擁……！」

「雅、悪いけど今は冗談言ってる暇はないんだ！」

たぶん、雅は冗談ではなく本気で言っていると思うけど、余裕がないのは同意したい。

もう斬撃は悪鬼の身にまで到達しているんだ。一向に止まる気配もないし、一体何連射するつもりなんだろうか？

「分かってる。大黒屍復讐鬼《グレイブデスオーガ・リベンジャー》、最後の力を振り絞って、全力疾走」

雅が手に持った杖《つえ》を悪鬼に向けて命令する。すると雅を降ろしてフリーとなった悪鬼は、それを受けて走り方を変え出した。前傾姿勢での全力疾走は、まるでオリンピック選手のそれのようにしなやかで、彼が鬼であることを忘れてしまいそうになるほど。そして速い。

「だけど、それでも届かないねぇ」

見透かしたように、おじさんが言った。確かにそれはその通りで、もう悪鬼の体は瓦解寸前。速くなったとはいえ、とてもおじさんの所まで行ける状態ではなかった。無数の斬撃の最中に、強力な斬撃を放たれでもしたら一巻の終わり。

「それも分かってる。——終焉無き責め苦《デッドエンドクラッシュ》」

逞《たくま》しい悪鬼の体を膨らませるように、黒きエネルギーが辺り一帯に爆発した。リオンちゃんを相手にした時も使った自爆技だ。

「ひゅー、目眩《くら》ましか……！」

そう、私達《たち》は初めから悪鬼がそこに届くとは思っていなかった。彼の役割は私達から距離をとり、できるだけおじさんの近くで自爆する事。飛来する斬撃は相変わらず止まる気配がないけど、これでおじさんは私達の姿を見失った。

「『飛ぶ斬撃！』」

何も斬撃を飛ばすのはおじさんの専売特許ではない。爆発の中から刀哉と一緒に、リオンちゃんに教えてもらった斬撃を放つ。刀哉が4発、私が3発の計7発。おじさんのものより速さも威力も劣るけど、特性上、私の斬撃は何でも斬って良い権利がある。だから、問答無用で突き進む。

「これは――」

おじさんの抜刀が、僅かに止まった。目眩ましの爆発の中から飛び出た斬撃に、少し面食らった？

「怖いから、おじさん避ーけ、たっ？」

黒き煙幕の更に奥、そこで隠れていた奈々が再び這い寄る氷《フロストバウンド》でおじさんの足を凍りつかせる。雅の爆発と合わせて詠唱して、上手《うま》いタイミングでおじさんはまた引っ掛かってくれた。そして、少なくない動揺を引き出してくれている。

「またこれかいっ！」

すかさず、おじさんが足を斬り落とす。だけど、その隙に私達が放った斬撃はおじさんに迫っていた。

「――くうっ！」

斬撃の合間を縫う様に、おじさんが咄嗟《とっさ》の回避行動を取る。というよりも、おじさんではなく、鞘《さや》に収まった刀を斬撃の合間に追いやった。再生する自らの身よりも、侍の命である刀を優先した？　いえ、そうじゃないわよね。不自然なほどに、身を挺《てい》してまで刀を護《まも》っているのは普通じゃない。

「バラバラになろうと、こんなのは直《す》ぐに――」

「ギュアァ――――！」

「ぐえっ！」

上空からのムンの急降下、そして踏みつけ。斬撃を食らった直後のおじさんがこれを避けられる筈もなく、ムンの強靭《きょうじん》な足はおじさんの腹部から下、その下半身と右腕を巻き込んで踏み潰し、残ったおじさんの上半身が宙に舞った。そして、ムンの背後には私がいる。

「どうして、そこにっ！」

左腕で辛うじて刀を避難させたおじさんが、目を見開く。私は斬撃を放った後、爆発の陰から密《ひそ》かに天歩を使って上空へと移動していたのだ。行先は、下から見上げても見る事のできないムンの背中。奈々《なな》達の機転もあって、おじさんは私が移動していた事に気が付いていなかった。尤《もっと》も、面の斬撃は払い切れなくて体中に無視できないダメージもあったけど……

「それも、これで終わりっ！」

「面白い、おじさんと勝負しようかっ！」

もう皮下の肉体まで再生を終えているおじさんの右手が、刀の柄に触れる。潰した下半身は何事もなかったかのように、そこにある。涅槃寂静《ねはんじやくじよう》、ここからが一番の正念場。天歩で足場を固定し、おじさんよりも速く、あの刀を斬る。お互いに抜刀体勢、明らかに格下で負傷している分、私は不利。だけど――

「大回復《ライトヒール》！」

「涅槍埋葬《ベリアルランサー》」

――私には、仲間がいる。

刀哉の白魔法が私の傷ついた体を完全に癒し、雅の黒魔法で生成された何十もの黒色の槍《やり》がおじさんを貫き、その動きを制限する。体を破壊するのではなく、おじさんの体内を貫きその場に残る槍であれば、高速再生も意味を成さない。それは拘束したものと同義で、抜刀しようとするおじさんの抑止に繋《つな》がるからだ。一方で私は刀哉の支援で万全の構えとなった。

これならいける。この一刀に、全てを掛けるっ！

「ぬぅうっ！」

体に刺さった槍など御構《おかま》い無しに、肉を切らせたおじさんが抜刀。だけど、私の全精神を研ぎ澄ましたこの一撃は、呼応した涅槃寂《ねはんじやくじよう》 静に更なる速さを与えてくれた。

「ハァッ！」

一瞬の鍔《つばぜ》迫り音が奏でられた後、おじさんの刀が刀身の真ん中から2つに分かれ、その刃先が地面に突き刺さる。私の眼前にはもうおじさんの姿はなく、彼の壊れた刀だけがそこに残っていた。

◇　◇　◇

私は今、大渓谷の中を天歩を使って駆けている。夥《おびただ》しい瘴気《しようき》が舞う中、私がこうして無事に移動できているのは刀哉《とうや》が魔法を施してくれたからだ。私に纏《まと》いつくこの輝かしい聖気が、普通であれば触れただけで毒気に侵されてしまうであろう、この過酷な環境から護ってくれる。

「でも、何でこんな事してるんだろ、私……」

「そりゃあ修行さぁ。おじさん、ケルヴィン君から刹那《せつな》ちゃんを鍛えるようお願いされているからねぇ」

私の腰に差した鞘、涅槃寂静《ねはんじやくじよう》の隣、そのもう1つの鞘からそんな声が聞こえてきた。そう、この鞘に収まった刀はさっきまで戦っていたおじさん、生還者ことニトさんの正体。刀身は確かに私が真っ二つに断った筈だったんだけど、あのくらいのダメージでは死ななかったらしい。それどころか、こうして鞘に収まっていればそのうち刀身も復活するという。本当にふざけた話だ。

ニトさんの固有スキル『帰死灰生《きしかいせい》』は自身を超再生させる能力ではなく、刀として転生したニトさんが、自身を操る仮初の分身を作る能力だったらしい。作り出せるのはあの姿のみで技量も均一、一度に作り出せる数にも限りがあるらしく、限界以上に作り出そうとすると、前の分身は綺麗《きれい》さっぱり消えてしまう。唯一調整できるのが記憶で、分身の記憶を弄《いじ》ってセラさんの強制自白から情報を偽装していたり、ああ見えてニトさんはなかなかにやり手だった。尤も、ケルヴィンさんにはそれも見破られていたみたいだけど。

「いやはや、創造者から貰《もら》ったこの馬鹿みたいに頑丈な鞘の中なら、絶対に安全だと思ったんだけどねぇ。抜き身になる時だって、おじさんの抜刀に付いてこれる人は、暗殺者くらいしかいないと思ってたし。ええと、何でも断って良い権利だっけ？　おじさん、それは反則だと思うなぁ」

「少し黙ってください。いくらケルヴィンさんの紹介だからって、さっきまで敵だった人を直ぐに信用できるほど、私はお人好《ひとよ》しじゃありません」

なぜ、私は刀だったニトさんを腰に差して、こんなところを駆けているのか？　発端はケルヴィンさんからの連絡だった。ニトさんを倒し、その正体を雅《みやび》を通して伝えたら、そのニトさんを持って私だけ追いかけて来いと言うのだ。理由を聞けば、私達の中で唯一聖域での戦いに付いて来れるから、だと言う。いやいやいや、何で私が。と否定しようとしたら刀哉が――

『――やったな、刹那！　師匠に認められるなんて、幼馴染《おさななじみ》として俺も嬉《うれ》しいよ！　あ、でも悔しくもあるな。クソッ！　でも安心してくれ。使徒の一角を破った俺達なら、３人でも何とかここの防衛はできそうだ。安心して師匠を追ってくれ！』

刀哉、遂《つい》に頭が腐ったの!?　思わず心の中でそう叫んでしまった。奈々は刀哉の意見に反対できないし、ケルヴィンさん嫌いな雅も、なぜか面白そうな顔をして送り出してくれた。送り出してしまった。ああ、そうだ。雅は未《いま》だによく分からないところのある子だった。

……でも、何でケルヴィンさんは私を選んだんだろうか？　戦力的には刀哉達とそう変わらないと思うし、とてもじゃないけど、ニトさん並の敵とは１対１では戦えない。まあ、確かに刹那に起こる戦いはちょっと楽しいかもしれないけど。あ、別に私の名前と掛けて言った訳じゃないから！　冗談じゃなくて、たまたまだからっ！

「刹那ちゃん、何で百面相しているんだい？」

「だから、冗談じゃないわ！」

「そ、そこまでおじさんを嫌わなくても……シクシク」

あれ？　今、ニトさん何か言ったかしら？

「でもね、おじさんのメンタルはその程度では折れないよ。イライラするのは欲求不満さ！」

あれ？　今、私セクハラされてる？　ぶった斬っていい案件？

「そこでおじさんは提案しよう。虎狼《ころう》流剣術の奥義、この場で練習していこう」

「何でそうなるんですか……」

「体を動かして良い汗をかけば、自《おの》ずと気分は軽くなっていくものさ。そうだなぁ、斬撃を飛ばす術は知っているようだし、まずは燕《つばめ》あたりから会得を目指そうか。ほら、刹那ちゃんの斬鉄権におじさんの虎狼流剣術が加われば、そりゃあもう敵なしさ！　おじさんの正統な後継者もできて一石二鳥、これはやるっきゃないねぇ！」

「だから、勝手に話を進めないで――」

「おっと、前からモンスターが迫って来るよ。さあさあ、抜刀に集中して」

「ああ、もうっ！」

結局、その後は近づいて来る凶悪なモンスターを相手にした、抜刀術の特訓になってしまった。なぜだろう、物凄《ものすご》く誰かの思い通りになってる気がする。

「いいねぇ、抜刀の速さと同速で進む防御不可の斬撃……！　これは将来おじさんを超える逸材だ」

「はぁ、はぁ……し、死ぬかと思った……！　あれ、絶対S級モンスターだった……！」

死に物狂いで刀を振った。死に物狂いでモンスターを斬った。それでも奴《やつ》らはどこからともなくやって来る。何よここ、化物の巣なの？　いつの間にか私はニトさんの教えを実践して、モンスター達に立ち向かっていた。そのお蔭《かげ》か、少しだけ斬撃が速くなった気がする。いや、速くなってる。人間、死地に立つと成長するもんなんだなぁ……

「だ、第一、ニトさんは私を強くしてどうするんですか？　虎狼流の後継者になんてなりませんよ？」

「いやぁ、同じ剣を志す者として、どうしても勝ちたい子がいてねぇ。おじさん単独だと絶対勝てないから、この際弟子でも良いかなって」

「弟子じゃないですから！」

「その意気その意気。目には目を、歯には歯を、勇者には勇者をだっ！」

もう、本当に何を言ってるのか分からない。熱血コーチじゃあるまいし――っ！

「おっと、また何か来たみたいだね。しかも、もっと強いのが」

そんな気軽に言わないでもらいたい。でも、確かに強い気配がどんどんこちらに近づいてる。数は2つ。あれ？　だけどこの気配は……

「あっ、刹那さん！」

「ん、刹那」

やっぱり。エマさんとシルヴィアさんの反応だ。激戦を繰り広げていたさっきの音を聞きつけて来たのかもしれない。

「2人とも、どうしてここに？　って、それよりも瘴気！　見たところ結界を張ってる様子もないですけど、大丈夫なんですか!?」

私と同じく天歩を使ってるのは分かったけど、2人は邪神の心臓を取り巻く瘴気の対策をしている様子が全くなかった。これでは毒沼に素手を突っ込むようなものだ。

「大丈夫。エマの力で状態を固定してるから」

「固定化……？」

「シルヴィア、迂闊《うかつ》な事を言わない」

表情を変えないシルヴィアさんに対して、エマさんは呆《あき》れたように戒めている。エマさんの固有スキルか何かで、この瘴気を免れているのかな？

「えっと、お2人だけですか？」

「はい。コクドリは兎《と》も角《かく》、ナグアとアリエルはここを越えられないと判断して、置いて

——大空洞から這《は》い上がって来るモンスターの処理を任せてきました。今頃は北側を護《まも》っ
ていたジェラールさんと交代しています」

「ん、私達《たち》は聖域を目指す。ケルヴィンが入り口は開けたって、ジェラールさん越しに連
絡が来た」

「そ、そうでしたか……」

それなら、目的は私と同じになるのかな？　運が良い。2人の実力は一緒に奈落の地《アビスランド》を
旅した私も知っている。本当に心強い味方だ。

「実は、私も聖域を目指していたんです。同行してもいいでしょうか？」

「刹那さんも？　ええ、戦力が増えるのは大歓迎です。一緒に頑張りましょう」

「頑張ろう、刹那」

「おじさんも頑張るよ、刹那ちゃん」

「「えっ？」」

刀の柄《つか》を小突いてやる。唐突に会話に入ってきてビックリした……

「そ、それじゃ、行きましょうか。あはは……」

取《あ》り敢えず、進みながらニトさんについて説明しないと。う－ん、何と説明したらいい
ものか。

「おじさんの周りに、美少女が3人も……！　苦労不幸を重ね続け、この歳《とし》になって漸《ようや》く

幸せを掴《つか》みましたっ！」

やっぱり捨てよう。

——邪神の心臓・聖杯神域《ホーリーチャリス》

そこは、真っ白な空間だった。壁も、床も、天井までも。純白でいて、奥行きが摑めない。ゆらゆらと揺らぎ、幻想的。まるで蜃気楼《しんきろう》。そんな夢の中で見るような場所に、僕とコレットだけが降り立った。

「うーん、困ったね。まさか聖域に入った瞬間に、ケルにい達とはぐれちゃうなんて」

そう、僕たちははぐれてしまった。コレットの常軌を逸した頑張りで、邪神の心臓内に隠されていた聖域の扉が開かれて——そこまでは良かったんだ。だけど、同じ入り口から侵入した筈《はず》なのに、出た場所は全く別の場所。幸い、念話は使えて皆との連絡は取れた。ケルにい、エフィルねえ、アンねえも別々の場所に飛ばされたみたいで、今は周辺の確認をしているらしい。僕もそうしたいけど、ここって何なのかな？

「これはデラミスの巫女《みこ》の秘術、聖杯神域《ホーリーチャリス》ですね。異空間に大規模な神殿を生成して、かつての古《いにしえ》の勇者が活動拠点にしていたとか。内部構造、出入り口の繫ぎ目《つなめ》は巫女が自由に操作できるので、防衛の最高峰の秘術とされています。しかしながらこれほどの規模となると、私の魔力では作れそうにありませんね。一体、ここに至るまでどれほどの力を積めば――」

「――そりゃあ聖人になっていない巫女さんじゃ、ちょっと難しいんじゃないかな？」

ふと、唐突に声がした。眼前には周囲の壁と一緒で、白く朧《おぼろ》げな神殿が建っている。そしてその屋根に、彼女は楽しそうに腰掛けていた。

「ま、アイリスも生前は聖人になんてなれなかったんだけどね。余の中って世知辛いから」

「……フーちゃん」

彼女の名はセルジュ・フロア。コレットが召喚したとーやん達の先輩となる、先代の勇者。あ、僕も一応は勇者だったっけ？　なら、僕の先輩でもあるのかな？　うーん、学校生活が希薄だっただけに、先輩後輩の接し方がよく分からないよ。

「私の愛称を、覚えていてくれた、だと……!?　君、素晴らしい！　フーちゃん100点あげちゃう！」

あ、フーちゃんノリの良い人だ、たぶん。

「えっと、はじめましてではないよね。僕とは一瞬だったけど、デラミスで会ったの覚えてる？」

「うんうん、覚えているよ。私、出会った可愛《かわい》い子は忘れない主義だから。ケルヴィン・

セルシウスの妹さん、リオン・セルシウスだよね。出会い頭に攻撃してこない時点で好感度マックスだよ、うん！　人ってのは、やっぱり会話してなんぼだからね」

やっぱり、僕の事は知っているみたい。できる事なら敵は消しておきたいところだけど、フーちゃんには『新たなる旅立ち』がある。前の戦いから1ヶ月が過ぎているし、自己申請していた仕切り直しの時間は満たしている。このままだと倒したところで、ゲームのセーブポイントに戻るように生き返っちゃう。となると、無力化して拘束するのが最善。だけど、彼女の実力からしてそれは最も難しい事。ケルにい達とパーティ一丸となって挑んだ前と違って、今は僕とコレットしかいないんだ。その上、ここは使徒の本拠地、所謂《いわゆる》アウェイ。フーちゃんも重荷がなくなって、今回は万全の状態になってる。あれ？　これってとっても不味《まず》いんじゃゃ？

「勇者セルジュ様、お聞きしますが――」

「コレット、フーちゃんって呼んでくれないと、何にも答えないぞっと」

「……勇者フーちゃん様」

気のせいか、コレットまで押されているような。

「話し合いで済むのなら、こちらとしてもその意見を順守したいと思います。ですが、なぜ私達をバラバラの場所に分けたのですか？」

「んー、区分けしたのはアイリスなんだよねぇ。私はただここを護っているだけで、詳しい事はアイリスに聞いてほしいかな」

「それでは、アイリス様はどちらに？」

「ここ」

　そう言って、フーちゃんは真下を指差した。屋根にいるフーちゃんの真下は神殿の入り口。神殿は光のように白く輝いているのに、奥の方は不思議と見通す事ができなかった。明るいとか暗いとかじゃなくて、魔力的な視覚妨害が働いているんだと思う。

「通して頂いても？」

「それは駄目。基本的に何もしないぐうたらな私にも、唯一役目が課せられていてね。ケルヴィンとメルフィーナ以外は、ここを通す事ができないんだ。君らにはここで大人しく、私とガールズトークに花を咲かせてほしいかな」

「……とどのつまり、ケルにいとメルねえはその先に転移させられたんだね？」

「あ、いっけない」

　しまったとばかりに舌を出して、苦笑いを浮かべるフーちゃん。だけどその言葉とは裏腹に、大して問題にはしていないような、そんな印象を受ける。

「残念だけど、大人しくはしていられないかな。フーちゃん、そこを通してもらうよ」

「リオン様、非力ながら私もお助け致します」

「……ふふっ」

思いがけない冗談に不意を突かれたように、笑い声がこの空間に木霊した。

「一応言っておくけど、勇気と蛮勇は別物だよ？」

「うん、知ってる。有名な言葉だもんね」

「それなら止《や》めようよ。勝ち目のない戦いに挑むなんて、まるで勇者の所業――あ、勇者か」

「うん！　ケルにいが呼び出してくれた、立派な勇者だっ！」

アクラマとカラドボルグを抜き、叫びながら前に駆け出す。正直、勇者としての自覚はないけど、ケルにいによってこの世界に召喚された誇りは持っているんだ。それだけは否定されたくない。轟《とどろ》かすは雷鳴、紫電の軌跡を残して、僕は稲妻反応《ライトニングエンハンス》と霹靂の轟剣《ジェネレイトエッジ》を施した。

「はてさて、何事もなくここまで来れるかな？」

「勇者フーちゃん様。『絶対福音』の力を当てにしているのなら、それは諦めた方が身の為《ため》ですよ？」

「え？」

魔力の流れを感じて、僅かに足を止める。コレットの声の後、神殿を取り囲む形で周囲に異なる光が灯《とも》された。この光は、魔法陣の……？

「刀哉《とうや》やシルヴィアさんに混じって特訓はしましたが、私がまだまだ弱いのは周知の事実。

フーちゃん様が相手では、手傷ひとつ負わす事も叶《かな》わないでしょう。ですが、私はケルヴィン様と同じく召喚士なんですよ？」

そうだ。ケルにいに見慣れて忘れてしまっていたけど、召喚士とは本来支援に努めるもの。普通は前衛に出て直接戦う職業なんかじゃないんだ。

「ふぅーん。それで、何を召喚してくれるのかな？　聖騎士のクリフ団長？　石像のモンスター？　残念だけど、どっちにしたって少しだけ力不足だよ？」

「いいえ、違いますとも。召喚するのは、フーちゃん様の元お仲間です♪」

「……えっ!?」

フーちゃんの声が、ビックリするほど裏返った。大慌てで周りに出現した4つの光を見回すフーちゃん。さっきまでの余裕は今やなく、冷や汗を流しながら酷《ひど》く動揺している。

「やあ、セルジュ！　暫《しばら》くだけど、元気だった？　僕結婚したんだけど、立場上まだまだ婚姻は結べるんだ。ところで今夜暇かな？」

「待たせたな、レディ。貴女《あなた》を迎えに黄泉《よみ》の国から帰って参りました。私の名はソロンディール。何、しがない伊達《だて》エルフです。おっと失敬、あまりにも可愛らしいお嬢さんで、つい口が勝手に」

「……やはり、尊い」

「セル、ジュ？　セルジュ、なのかっ……？」

魔法陣から現れたのは、古の勇者フィリップ・デラミリウス、ソロンディール、ラガット・タイタン、サイ・ディルの4名、かつてフーちゃんが魔王を倒す旅を共にした、大切な仲間達《たち》だった。

◇　◇　◇

「それで、どうかなどうかな？　今なら僕の正妻――はちょっと無理かもだけど、教皇の妻として不便のない贅沢《ぜいたく》な生活ができると思うんだ。あ、セルジュが目立つのが嫌なら、秘密裏に囲う事もできるよ。時折宮殿を抜け出したりしてさ、禁断の逃避行に走っちゃうのはロマンチックだと思わないかい？」

「おや、おやおや？　こちらの絶世の美女は誰かと思えば、セルジュではないか！　いや、すまない。放つオーラがあまりに眩《まばゆ》いもので、ひと目で理解する事ができなかった。長年会う事ができず、私の中での偶像が過度に美化してはいまいかと心配だったのだが、どうやら無用だったようだ。本物のセルジュは、それ以上に美しいのだから」

「……素敵だ」

「す、すまない取り乱した。ああ、何から話せばいいのか……」

三者三様、ううん、四者四様の反応を見せる彼らに対し、フーちゃんは頻《しき》りに警戒している様子だった。僕の目から見ても、すっごく動揺している事が分かる。

「い、いや、ちょっと待って！　それ以上近寄らない、近寄らないで！　私にそっちの気はないんだってば！」

それに、ちょっと泣きそう……ん、んん？　何か、変な言葉を聞いたような。

「ふふっ、気が付いたようですね、リオン様！　これが私とシュトラちゃんが共に過去の資料、生き証人であるお父様ら関係者を徹底的に調査し、構築した対フーちゃん様包囲鎮圧陣なのですっ！」

「ど、どういう事なの？」

興奮気味に語り出したコレットに聞いてみる。

「かつてデラミスの巫女に召喚された勇者様方は、その全てが魔王を討ち取り、この世界に永住される道を選ばれました。しかし、そちらにいらっしゃるフーちゃん様だけは元の世界に帰られた。彼の勇者様を命を賭して慕い、そして愛したお仲間がいたというのに。それはなぜか？　メル様とケルヴィン様とリオン様がいらっしゃれば、何の未練もない私には分かりかねましたが、その答えをシュトラちゃんが出してくれたのです！　フーちゃん様、貴女は特殊な性癖をお持ちですねっ！　多様で個性的などんな男性達にも恋心を抱けない、そんな性癖がっ！」

「ギクッ!?」

フーちゃんがわざわざ擬態語を言葉で反応してくれた。よっぽど余裕がないみたい。それにしても、さっきまで圧倒されかけていたあの状況が、手段は兎《と》も角《かく》一気にひっくり返っちゃった。トリップしたコレットはちょっと怖いし、敵に回したら恐怖でしかないけど、味方になれば物凄《ものすご》く頼りになる。ケルにいも言ってたっけ。天は二物と一緒に大変なものを与えてしまった、って。うん、確かにその通りかも。

でも、フーちゃんの特殊な性癖って何だろう？　フーちゃんのかつての仲間、古《いにしえ》の勇者達はある種、理想的な容姿を体現した人達ばかりだ。輝かしい銀髪と眩い笑顔を振りまく、ちょっと腹黒そうな美少年。女好きだけど一途《いちず》なところもある、壮年の紳士。なかなか自分の気持ちを表に出せないでいる、無骨で寡黙な騎士。極めつきは、褐色肌だけど恋愛の王道を突き進む亡国の王子様。

少女漫画やゲームに出てきそうなキャラクターを一緒くたに組み合わせた、女の子にとって理想の逆ハーレムパーティだ。そんな仲間を相手に、フーちゃんは逆に退《ひ》き始めている。とーやんのような主人公属性、それかよっぽどの幸運の持ち主でなければ、こんなパーティを作れないと思うのに。うーん、ヒントになりそうな情報は――

『私、出会った可愛い子は忘れない主義だから』
『私にそっちの気はないんだってば！』
「――えっ!?」

思わず、僕も声を裏返してしまった。何となく、悟ってしまった。現代日本で14年間の歳月を過ごした僕にも、そういった情報は少なからず耳や目に入っている。ネットだったり、漫画だったり。今ではボーイズラブという単語は広くローカル化されていて、興味のない僕だって知る言葉だ。つまる所は同性愛って意味で、知ってても自ら口にする人は少ないと思う。でもこの場合、フーちゃんはその逆で――

「ふ、ふふふふ……！　なるほどね、流石《さすが》だよ。この際言ってしまうけど、コレットの予想は大正解。サイ達は仲間として、友人としては最高だと思うよ。だけど、恋人としてはノーサンキュー！　だって私が好きなのは、可愛《かわい》い女の子なんだもの！」

――フーちゃんは百合《ゆり》だった。

「「「なぁっ!?」」」

「あー、やっぱりかぁ」

顎が外れるほどショックを受ける3人に対して、コレットのお父さんであるフィリップさんだけは予期していたかのようだった。

「この世界に留《とど》まる？　冗談じゃないかな。私や代々の勇者が持つ固有スキル、絶対福音の効果は知ってるよね？　このスキルは周囲に私以上の幸運の持ち主がいない限り、まるで私が世界の中心であるかのように都合の良い展開が巡ってくるの。普通に生活する分はもちろん、戦闘面でもその効力は大いに発揮される。普通の男子ならラッキースケベに、エッチな美味《おい》しい展開もあったでしょう。そして、それは私も例外ではなかった。美少年美青年美中年——古今東西、行く先々で出会い、アタックされて来た。少女漫画の主人公みたいに、色んなトラブルにも見舞われた。でもね、その一方でこのスキルは、可愛い女の子なんて用意してくれなかったんだ。だって、一般的な女の子としての幸せしか与えてくれないからっ！」

「あ、あの、コレット？　何か、地雷を踏み抜いちゃったみたいだよ……？」

「ええ、計算通りです」

「古の勇者達、コレットのお父さん以外魂抜けてるよ……？」

「はい、計算通りです」

あう……コレット、恐ろしい子……！

「唯一私よりも幸運が高かったアイリスと一緒にいた時だけが、心の底から安心できる時だった。その時だけは不自然なトラブルも起きなかったし、アイリスはいつも優しかった。だから今度は、私がアイリスを助ける番なんだよ。今のアイリスは半神状態でかなり不安定、昔の記憶も疎《まば》らな状態。私とアイリスの邪魔をするって言うなら、サイ達でも容赦はしないよ」

　フーちゃんの瞳が真剣なものに変異する。茶化したような態度や、動揺する様子はもう見られない。覚悟を決めたみたいだ。

「……何と、言う事だ」

「そ、そんな……　私は、セルジュを追い詰めていたのか……？」

「い、いや、まだ諦めるには早い！　セルジュよ、その心に嘘偽《うそ》りはないのかっ!?　何かの間違いではないのかっ!?」

「自分の性癖が変なのは百も承知だよ。でもさ、ずっと旅をしてきた仲間達に一気に告白された時の私の気持ち、想像できる？　男主人公が仲間の男共全員に告白されるような心境だよ!?　そりゃ元の世界に逃げるよっ！　私は女の子が好きなんだもんっ！」

「「ぐふっ……！」」

魂の叫びが白き空間に轟く。そして、止《とど》めを刺した。今は敵の立場な僕だけど、同情せずにはいられなかった。フーちゃんにも、かつての仲間達にも。

「……うん、やっぱりね。僕の読み通りだ。皆、顔を上げなよ」

「フィリップ……？」

そんな中、フィリップ教皇だけは膝をつかずにどっしりと構えていた。聖人のような、救いの手を差し出す微笑《ほほえ》みを作って。

「この勝負、僕の勝ちのようだね。セルジュの演技の下に隠した、彼女の真意を汲《く》み取った僕の、ね」

「「……は？」」

「え？　ちょっと、フィリップ？」

「僕はね、セルジュが異世界に帰ってしまってから、ずっと考えていたんだ。あの優しかった彼女が、なぜ告白の返事もせずに帰ってしまったのか、ってね」

「だから、それは――」

「数多《あまた》の男達に迫られたセルジュは、本当の愛とは何か分からなくなっていた。だからセルジュはね、試練を僕たちに与えていたんだ。本当に私を愛しているのなら、時間を空けた今でも愛してくれる筈《はず》。たとえ私の口から拒否されたとしても、本当の心の内を理解してくれる筈、ってね」

「いや、ちょっと――」

「そしてその中で、見事僕だけはセルジュの真意に達する事ができた。いわば、本当の愛をセルジュに届ける事ができたんだ。あはは、ごめんね、皆！　既婚者の僕が先を行ってしまって！」

「「……」」

古の勇者達の目に活力が戻って来た。何言ってんだ、それくらい見抜いていたわ。とか言いそう。

「流石は人心掌握術に優れた教皇ですね。落とすだけ落としておいて、最後に希望の芽をお与えになりました。これでフーちゃん様が今後何と仰《おっしゃ》ろうとも、彼らが止まる事はないでしょう。後は、例のものを施すだけです」

立ち上がった勇者達は、誰もが全てを受け止めるような精悍《せいかん》な顔つきになっていた。

◇　◇　◇

立ち塞がったかつての仲間達。フーちゃんは聖剣ウィルを鞘《さや》から抜き、構える。とーやんの聖剣よりも細身であるそれは同じ性能の筈なのに、比較にならないほどの凄《すさ》まじい聖気で包まれていた。

「まあ、それでもいいよ。私がやる事は変わらない。でも、前の私と同じと思わない事だね。使徒になった私は、勇者の頃よりもちょっとだけ厄介だよ？」

「その台詞《せりふ》、フーちゃん様にだけ言える事ではないですよ？　この場にいる皆様は人間より進化して、貴女《あなた》と並ぶべく努力を重ねてきたのです。フィリップ教皇は聖人に、サイ枢《すう》機卿《ききょう》は魔人へ。蘇《よみがえ》られたお二方も先代光竜王ムルムル様に御助力頂き、超人とハイエルフになられました。更にフーちゃん様は何やら苦手とされているご様子。これ以上、フーちゃん様を迎え撃つに適した人材はいないのでは？」

「フフフ、どうだろうね？」

「ウフフ、試されますか？」

怖い！　2人の笑いが怖いっ！

「「「セルジュ、この気持ちを受け取ってくれぇ！」」」

そして、勇者の皆さんも必死だ。フィリップさんが2体の竜の石像を召喚し、サイさんが真っ赤な杖《つえ》を取り出して魔法を詠唱する。ラガットさんが蒼《あお》き盾に結界を展開させ、ソロンディールさんは紋章が刻まれた銀の弓矢を構え出した。その全ての矛先は、神殿中央にいるフーちゃんに向けられている。

「嫌だってば。私の理想はこっちなの。――集え」

フーちゃんが構えた剣を神殿に突き立てた。すると、白の床から光の柱が眩《まばゆ》い輝きを放ちながら立ち上がる。数は4、それぞれが古の勇者達《たち》と向かい合わせになるように、神殿の4辺を取り囲む形の位置取りだ。

「これは……？」

柱の光はやがて消え去って、その中から人の形をした何かが姿を現した。人間、うん、耳が尖《とが》っている影もあるから、エルフも混じってる？　フリフリのスカートに、女の子らしい可愛らしい装備。全員がそれらを身に着けている事から、その人影が女性である事は理解できた。銀髪の小柄なシスター、褐色肌のお姫様、重装備の女騎士、大人の魅力溢《あふ》れるエルフの女性――

「え、えっと、まさかと思うけど……」

「流石はリオン、理解が早い！　彼女達は私の最後の固有スキル、『集え、英傑』で作り出した理想のパーティ。絶対福音は残念な子だったけど、このスキルは凄《すご》いよ？　私が理想とする性別で、容姿で、強さで！　どこまでも私に尽くしてくれる最高のパーティを与えてくれる！　意思がなくって雑談もできないのが難点だけど、貴方《あなた》達を倒すのならこれで十分」

今度は女体化《にょたいか》した古の勇者達を出してきちゃった……で、でもまあ、フーちゃんの言を信じるのなら、これで引出しの中身は出し切らせた。主人公属性強制付与の『絶対福音』から始まって、セーブポイントを設定する『新たなる旅立ち』、最後には仲間をも生成してしまう『集え、英傑』。うーん、反則なまでの勇者スキル目白押しって感じだね。配下ネットワークに書いておかないと。

――ガキィン！

「うわ、鏡映しの自分と戦うみたいで嫌だなぁ」

「クッ！　しかしながら、実力は本物です……！」

「なぜ私の相手はロリエルフじゃないんだろうか。あちらの銀髪のお嬢さんとお相手願いたい」

「……ソロンディール、油断するな」

本物と偽物の戦いが始まった。初撃の打ち合いを見る限り、どちらも戦法が同じで実力も拮抗《きっこう》しているように思える。一進一退、どちらが勝ってもおかしくない。

「さて、変に幸運が働いてトラブルが起こるのも嫌だし、私はリオンとコレットの相手をさせてもらうよ」

そして、僕の前にはフーちゃんが舞い降りた。仲間を作るスキルを使ったからといって、フーちゃん自身の力が衰えている様子はなし。それに、絶対福音の対処も未解決。あの力がある限り、とーやんと戦った時以上の理不尽が、僕たちに襲ってくる。あのメルねえでさえ、不条理の前に膝をつかされていた。地力が勝ってるとは思えないし、普通に戦って勝てる見込みは限りなく低い。せめて、アレックスがいてくれれば……

「コレット、お腹《なか》を括《くく》ろう。僕の全身全霊をぶつけるから」

「そうですね。ですがその前に——お父様、今ですっ！」

コレットがフィリップさんに向かって、合図のようなものを出した。

「わー、本当ならセルジュと戦って、どさくさに良い事してから発動させたかったけど、配下までコピーされたら仕方ないかぁ。皆、予定通り最低限の仕事は果たすよ！」

「フッ、本当は分かっていたさ。セルジュがそのスキルを忌み嫌っていた事はっ！」

「幸運で舞い込む愛なんて、本当の愛じゃないからねっ！」

「だから、俺達が……！」

「その力を無効化し、真っ当な状態での健全なお付き合いを目指します！」

女性版古《いにしえ》の勇者と戦っていたフィリップさん達が、見た事も聞いた事もない詠唱をし始めた。これは、一体？　というか、やっぱりフーちゃんの話を全く聞いてないよ、この人達！

「リオン様、これが対フーちゃん様包囲鎮圧陣の真骨頂なのです。お父様達が編み出した、フーちゃん様の絶対福音を無効化する包囲結界──その名もっ！」

「「「運命破棄《ブレデスポイル》！」」」

戦いの最中にいる4人から、更なる光。その光はひし形の4点となって、他の点に向かって線を走らせ、結界を形成していく。光のピラミッド、僕が最初に抱いた印象はそれだった。

「……ふーん。その威勢は認めるけどさ、私の絶対福音が封じられている様子はないけど？」

「ええ、固有スキルを封じる事はできません。ですが、発動させないようにする手段はあります。この結界陣がある限り、この場にいる者達の幸運は合算され、等しく振り分けられる──つまり、幸運のステータスが平均化されるのです」

「あっ、そうか！　絶対福音は自分の幸運値が一番高くないと、発動されないから……！」

「ええ。この結界、この空間にいるうちは、絶対福音は完全に無効化されます」

絶対福音の無効化。たぶんだけど、フィリップさん達が考えに考えて、どうにかして打破しようとして編み出した結論が形になったものなんだと思う。その発端となった理由には、とっても悲しい事実が隠されてはいたけど、うん、作ってくれたこのチャンス、僕たちが活《い》かさないとっ！

「……うん、凄い。嘘じゃなくて、素直にそう思っちゃった。まさか『集え、英傑』を使わせた上で、絶対福音まで封じられるとは思わなかったよ。油断してるつもりはなかったんだけどね」

「フーちゃん、言葉の割に余裕そうだね」

「この程度で終わるなら、ね。コレット、まだ何か隠してるでしょ？　さっきから巫女《みこ》の秘術を使ってるみたいだし」

フーちゃんの視線の先、コレットは少し驚いた顔をして、直《す》ぐに含みのある微笑みを浮かべた。

「気付かれていましたか。ええ、そうです。戦闘で役に立てない私は、陰でこうする事でしか貢献できませんから。フーちゃん様の雇い主、アイリス様の聖杯神域《ホーリーチャリス》を少しだけ弄《いじ》らせて頂きました。全く以《も》って力の差に唖然《あぜん》としてしまいます。ほんの少し、入り口とこの空間を繋《つな》げるだけで、これだけの時間と殆《ほとん》どの魔力をもっていかれたのですから。正直、綺麗《きれい》な虹を作ってしまいそうです……！」

そして、よくよく見れば青ざめた顔をしていた。が、頑張って！　今決壊したら、色々と台無しだよ！

「ですが、その甲斐《かい》あって思惑通りに事が進みました。リオン様、後はお頼みします」

――ザッ！

「なるほど。うん、確かにこれで五分五分かもしれないね」

コレットが後ろを向いて膝をつくのと同時に、複数の足音が耳に入って来た。そして、その足音の主である彼女達は、僕もよく知っている人達で――

「ん、あの人誰？」

「セルジュ・フロア。先代の勇者様だよ、シルヴィアちゃん。おじさんの元同僚でもある」

「行き成りの大物ですね」

「リオンちゃん、大丈夫!?」

シルヴィーに、えっちゃん、せっちゃん――それに、喋《しゃべ》る刀……？

『ガゥ、グゥルル（それ、生還者のおじさんらしいよ）』

アレックスまで僕の影の中に帰って来ていた。

◇　◇　◇

——邪神の心臓

時は少し遡る。シルヴィア達と合流した後、刹那《せつな》は聖域を目指していた。苦戦していた凶悪なモンスターも、3人いれば難なく撃破する事ができる。ただ、大空洞は広大だった。シルヴィアとエマも入り口の場所が分からず、彷徨《さまよ》っていたところで刹那を発見したという。唯一の頼りは、元々敵側に所属していたニトであるが——

「ごめん！　おじさん、東側の入り口しか分からないや！　ここから真逆側だね！」

「「「……」」」

その知識はかなり半端なものだった。ニトの知る場所は現在の居場所からかなり遠く、時間の掛かる道のりだ。しかし、このまま迷子になったままでは埒《らち》が明かない。時間を要するとしても、確実な道を選択するべきか。3人がそのように考えていた時、その声は聞こえてきた。

「ウォ————ン！」

狼《おおかみ》の遠吠《とおぼ》え。その巨体と整えられた毛並みは忘れられる筈《はず》もなく、刹那は瞬時にアレックスだと理解した。アレックスのいる場所に移動して、事情を聞いてみる。

「……あ、奈々《なな》はあっちだった」

まさかの通訳不在、これにはアレックスも困ったような仕草をする。そんな時、刹那の肩からぴょんと何かが飛び出る。小さな小さな、よく目を凝らさないと認識できないような大きさだ。

「ん、クロト」

「「えっ？」」

何気なく正解したシルヴィアの言う通り、それはケルヴィンが密《ひそ》かに紛れ込ませていた、分身体クロトだった。極小のクロトはアレックスの目の前に降りると、その体積を一瞬にして膨らませて姿を一変させる。何も聞かされていなかった刹那は、尚更《なおさら》この出来事に驚いてしまった。そこそこの大きさまで体を膨張させたクロトは、そんな刹那にぺこりとお辞儀をし、非礼を謝っているかのような動作をする。

「あ、いいえ、大丈夫です」

純日本人な刹那は反射的にお辞儀を返した。

「貴方、ケルヴィンさんとこのスライムさんですよね？　どうしてこんな所に？」

エマの問いに、クロトは体の一部を変換させて返答する。

「これは——文字？」

「ん、クロトは頭が良い」

「えっと……アレックスが聖域への道を案内する。付いてきて。って書いてますね」

そうそう、とばかりにアレックスが頷《うなず》く。クロトが文字通り、体を張って通訳してくれるようだ。アレックスが案内してくれた先には、上からは見えないようにして形成された洞穴があった。どうやらここが、聖域への入り口の1つになっているらしい。既に聖域の結界は解除されており、いつでも入れる状態だ。

「この先はもう使徒の領域。一歩踏み出せばどうなるか分からない、か……」

「覚悟を決めよう」

「そう、だね。この先に、母さんがいる……！」

彼女達《たち》は聖域へ進み出した。その先に待っていた者が、最強の番人と愉快な仲間達だとは、まだ知る由もない。

◇　◇　◇

――邪神の心臓・聖杯神域《ホーリーチャリス》

「これはまた……うん、うん。レベルの高い面子《メンツ》が集まったね」

突然の来場者にセルジュは少し驚いたようだったが、その表情は直ぐに別のものに変わっていた。刹那を、シルヴィアを、エマを。じっくりと彼女らを見回したセルジュの表情は、不思議と嬉《うれ》しそうだ。

「気を付けなよ、刹那ちゃん達。守護者はあんな可愛《かわい》い顔して、中身の趣味はおじさんと大して変わらないからねぇ」

「……えっと、どういう意味ですか？」

「すみません、ちょっと静かにお願いします。思いの外、余裕がなさそうなので」

「ん、強敵に認定しなきゃ。とても不味《まず》い」

「あ、ごめんねぇ」

ニトの助言の真意に気付けないのは仕方がない。刹那達はそれよりも、眼前の圧倒的強者から視線を逸《そ》らさないよう努めるので精一杯だったのだ。

「あれ？　貴女《あなた》が持ってるその刀、もしかして生還者？」

「やべ、気付かれた……仕方ないなぁ。やあやあ、久しぶりだね。元気してる？」

「さっきまで憂鬱だったけど、たった今全回復したところ。それで、何で生還者はそっち側にいるのかな？　もう生還者は使徒ではないけど、そちらに助太刀する筋合いもないいんじゃないの？」

「いやー、おじさんの目的は意外と近いところにあったみたいでねぇ。獣人から人間へ、そして今は刀として余生を楽しんでいるところだよ。羨ましいだろうけど、譲ってあげないよ！」

「あははー。それじゃ、力尽くで奪い取っちゃおうかなー」

「はっはっはー、泥棒はいけない事だよぉ」

セルジュとニトは仲良さげに会話しているが、どこかその言葉に本気であるという力強さが混じっているようで、この場にいる者達は先ほどから冷や汗が止まらなかった。

その間、傍らではリオンと影の中に入ったアレックスが、意思疎通による現状確認を行っていた。この3人とアレックスはケルヴィンからの援軍、協力してセルジュ・フロアを打ち倒せ。それがケルヴィンからの伝言だった。

『ケルにい的には、倒してしまって良かったのかな？』

『グゥルルゥ（どうせ生き返るから、その時は自分が責任持って退治するって）』

『そ、そっかぁ。どっちにしても、難しい事には変わりないけど……それでも、戦況は全然違う。せっちゃんの強さも別物になってるし、これなら――』

――バチバチィ！

魔剣と黒剣を構えたリオンが、3人の前に稲妻を轟《とどろ》かせながら移動する。一致団結しよう。そう瞳に宿らせ構えると、リオンに続いて刹那やシルヴィアらもその意味を汲《く》んだのか、同様に剣を構え出す。

リオンの黒剣アクラマ、魔剣カラドボルグ、刹那の刀、涅槃寂静《ねはんじゃくじょう》、そしてシルヴィアの氷細剣ノーブルオービット、エマの大剣、太陽の鉄屑《ソルフォルム》。使い手もさる事ながら、手に携える得物達はそのどれもがS級の超弩《ちょうど》級《きゅう》品。セルジュの持つ聖剣ウィルにも対抗し得る、最高の陣営だ。

「まさか、この場に勇者がこんなに集うなんて思ってもいなかったかな。先代の勇者に、現代の勇者、本来は想定されていない、異端の勇者だっている。ふふ、面白いね。それじゃあ、そろそろ——行くよ？」

「あ、ちょっと待って」

剣を抜こうとしたセルジュに対して、シルヴィアが待ったをかけた。これは予想していなかったのか、シリアスな雰囲気を打ち壊してセルジュが前のめりに転びそうになる。が、何とか持ち直す。

「な、何かな？」

「ここにシスター服で、これくらいの長さの銀髪の女の人は来なかった？」

「銀髪の女の人はいるよ。ほら、そこに」

セルジュに指を差されるコレット。しかし、彼女は今四つん這《ば》いの姿勢でそれどころではないらしい。シルヴィアもふるふると首を横に振り、違うと申し立てる。

「……シスター服ではないし、貴女のお目当ての人かも分からないけど、この奥にも銀髪の女の人がいるかな。私がいる限り、通してあげないけどね」

「……そう。なら、押し通る」

バキバキと音を立てて、白であった床が一瞬にして氷の大地に覆い尽くされる。無詠唱で唱えられたシルヴィアの極寒大地《グラウンドシヴァ》によって、凍《い》て付く絶氷のテリトリーが形成されたのだ。その範囲は刹那達の所にまで及んでいる。

「わわっ!?」

「落ち着いて。この氷は敵にしか害を与えません。刹那さんは例の支援攻撃をお願いします。ではっ！」

予《あらかじ》め打ち合わせしていたかのように、シルヴィアとエマが同時に前に飛び出した。目標はもちろんセルジュだ。彼女の足は今、氷の大地で固定されている。

『人狼《じんろう》一体、三刀流——その完成形、影狼《かげろう》モード。行くよ、アレックス！』

『ウォン（うんっ）！』

蠢《うごめ》く影をその身に落として、リオンもその後を追う。残された刹那は刀の柄《つか》に手を置き、愉快そうに目尻を下げるセルジュに矛先を定めた。

◇　◇　◇

——邪神の心臓・聖杯神域《ホーリーチャリスソルフォルム》

エマの愛剣である太陽の鉄屑は、太古の遺跡から発見した前時代の遺物である。内包するエネルギーは何物をも溶かす高熱を発し、眩《まばゆ》く光り輝くその様は正に太陽の化身。触れるどころか近付いただけで、大剣から発せられる熱気に焼かれてしまう為《ため》、余程炎の扱いに長《た》けた強者でもない限りは、持つ事さえも許されない。そんな地を粉砕する太陽の塊が、上段から明確な殺意を持って振るわれた。

「ハアッ！」

——ギィギィーン！

瞬く間に鞘《さや》から聖剣ウィルを抜いたセルジュが、片手一本でその猛撃を受け止める。爆音にも似た轟音《ごうおん》をなびかす、超威力の衝撃は凄《すさ》まじく、セルジュの脚部を凍らせていた極寒大地《グラウンドシヴァ》ごと床を打ち砕いた。

「白焔《ケデンス》！」

セルジュに大剣を受け止められた直後、太陽の鉄屑《ソルフォルム》がその色を赤から白へと変異させ、空間全体を覆ってしまうほどに燦爛《さんらん》とする。同時に熱が広範囲に拡散され、肌を焼け焦がす熱気がセルジュを襲った。

(——筈なんだけど)

エマは先ほどから違和感を抱いていた。いつもであれば、発せられる光と熱はこの程度ではないのだ。セルジュの聖剣に触れるほどに、その感覚は強まっていく。エネルギーの先から分解されていくように、威力が弱体化されている。白焔《ケデンス》を使った時には、その違和感は確信に変わっていた。

現在の勇者である刀哉《とうや》が得意として使っている光の剣、天上の神剣《ディバインセイバー》。付与させた剣に触れたものは、様々な付与効果を解除され、それが攻撃であれば特性を弱体化されてしまう。極めれば高位の結界さえも斬り伏せてしまうという、古《いにしえ》から伝わる勇者伝統の技である。それをセルジュは刀哉とは別次元の段階で巧みに扱い、エマの猛火を軽々と凌《しの》ぎ切っていたのだ。

（ん、目眩《くら》まし）

だが、セルジュに向かっていたのはエマだけではない。猛々《たけだけ》しい上段からの猛火が目立つ一方で、シルヴィアは地を這《は》う様に低い姿勢で、セルジュに猛接近していた。床一面を凍りつかせ、そこはシルヴィアのテリトリーと化している。エマによって粉砕された氷の幾多もの瓦礫《がれき》、それを材料に氷柱《つらら》の槍《やり》を宙に形成させる。

「鋼鉄氷槍撃《アイシクルストーム》」

その槍の数は膨大で、一瞬ではとても把握できるものではない。ましてや、今のセルジュはエマが作り出した光の中にいる。視覚は殺されているも同様だった。だが、魔力に対しての絶対の耐性、『二重魔装甲』を持つシルヴィアであれば話は別だ。光の中にいるセルジュの位置を正確に把握し、槍を飛ばして自らも突貫する。

「ウィル、ちょっとだけ力の片鱗《へんりん》を見せようか」

そしてシルヴィアは、セルジュの両手に同一の聖剣が握られるのを確かに見た。煩わしい小蝿《こばえ》を払うような、そんな軽い動作でエマの太陽の鉄屑《ソルフォルム》は大きく押し返され、視線は既にシルヴィアへと向けられている。察知能力も侮れない。そう頭の片隅で意識して、シルヴィアは自らも片腕に氷姫の神盾《ファーレンハイトアイギス》を形成させた。

四方八方から放出される槍の大群。迎え撃つは勇者の剣。エマが残した光の中にて、聖剣と氷柱槍が激突する。シルヴィアの魔法は氷とはいえ、その硬度は鋼鉄をも超える魔槍《まそう》と化している。更に、その魔槍の追うは細剣を構える氷姫。足場と体勢を崩されている事からも、誰の目から見てもセルジュが不利なのは一目瞭然であった。しかし、彼女の笑みは全く消えていない。

「――っ！」

荒れ狂う魔槍の嵐の中を、彼女は舞うように二本の聖剣で受け流していた。周囲から放出され続ける氷柱を、時にバターを切り分けるように分断し、時に子供をあやすように撫《な》で返す。これではまだまだ児戯も同然、次はまだかと催促するように、視線はシルヴィアに注がれ続けていた。

「お裾分けっ！」

セルジュに弾《はじ》かれた氷柱の1つが軌道を変えられ、シルヴィアの顔面目掛けて槍の穂先が向けられる。だが、シルヴィアはそれを避けはしない。彼女の固有スキルである二重魔装甲は、シルヴィアの意識の有無に拘《かか》わらず自動で働き、魔槍を無害な水へと変えてしまうからだ。

「まぁだぁ――――！」

「ッシ！」

セルジュを襲う氷柱が残り数本となったところで、押し返されたエマが復帰。シルヴィアと同時に上下から挟み込むように攻撃を仕掛けた。太陽の鉄屑《ソルフォルム》は次なる形態、大剣全体を深紅に染めて、対象を熔解《ようかい》させる点に特化させた『溶焔《ゾルブ》』に変化。ノーブルオービットはその刀身から蒼白《あおじろ》い冷気を出している。煉獄《れんごく》と極寒、その2つが噛《か》み砕くが如《ごと》くの猛撃。エマの大剣が頭をかち割り、シルヴィアが心臓を穿《うが》つ。

「とおっ！」

「――が、あっ!?」

「えっ？」

あろう事かシルヴィアは蹴られ、吹き飛ばされた。細剣を聖剣で弾かれた後に、真横から。幸い剣の柄は離さなかったし、蹴りを受ける瞬間に氷姫の神盾《ファーレンハイトアイギス》で防いだ為、傷は浅い。骨の芯にまで衝撃が響いているが、それでもまだマシな方だろう。氷姫の神盾《ファーレンハイトアイギス》に蹴りを触れさせた事で、セルジュの蹴り足を凍結させる事もできた。

（でも、エマの攻撃は……？）

シルヴィアが最後にセルジュを見た時、その両手には1本しか剣を持っていなかった。シルヴィアの刺突を弾いた時は確かに2本持っていた筈《はず》だ。それに、シルヴィアだけに集中してしまっては、上空からのエマの攻撃をもろに食らってしまう事になる。けれども、セルジュが攻撃を受けている様子はない。なぜ？

「これは……！」

エマの猛撃を防いだもの、それは巨大な盾だった。神聖な装飾が施された、セルジュの姿を隠すほどに大きなそれは、溶焰《ゾルブ》の一撃を容易に受け止め、更には剣に宿す熱を冷ましていく。それでも溶焰《ゾルブ》は、盾の表層を溶かし始めてはいる。いるが、このままで破壊できそうにもない。まるで聖剣に受け止められた時と同じ、いや、盾であるが故にそれ以上に堅牢《けんろう》。それに、この盾は不思議とさっきまで見ていたような、そんな覚えがする。

パキパキと足を凍らせる音が、盾の向こう側から聞こえてくるのと同時に、セルジュの声も聞こえてきた。

「君、本名はアシュリーだっけ？　なかなかの攻撃だったから、剣じゃなくて盾で防御しちゃった」

「剣ではなく、盾で……？」

「うんうん、私にこれを使わせただけでも結構凄《すご》い――っと」

数本の氷柱が不意を打ってセルジュに飛び掛かるが、全ていなされてしまった。盾はセルジュが手に持っている訳ではなく宙に浮いた状態なので、その軽快な身のこなしに負荷が掛かっている感じはない。

「ん、やっぱり勘が鋭い」

「いやいや、いつもは黙ってても向こうから勝手に逸《そ》れるから、これでも緊張しながら戦ってるんだよ？　って、言ってる傍《そば》からこれだもんねぇ……」

笑顔から一転して、地面を見下ろしながら苦笑いを浮かべるセルジュ。凍り付いた彼女の足には、漆黒の影が手を伸ばすように、幾つも雁字《がんじ》搦《がら》めに絡まっていた。その影達《たち》はエマの大剣の光から生まれたもので、シルヴィアの氷柱や彼女達自身、果てはセルジュの盾からまでも伸びている。

「フーちゃん。腕、貰《もら》うね？」

その影の腕、セルジュの死角に当たる1つからリオンは現れ、聖剣を持っていたセルジュの腕を斬り落とした。同時に周囲に張り巡らされた黒き斬撃、空顎《アギト》・黒雷《コクライ》がリオンの固有スキル『斬撃痕』から解き放たれる。

「――斬牢《ざんろう》、閉鎖」

影から影へ移動する瞬間、リオンはそう口にした。

◇　◇　◇

リオンの姿が影の中へと消えると、黒き斬撃の牢が閉ざされ周囲の空気が変わった。黒剣アクラマによって彩られた斬撃は最硬にして最強。リオンがアレックスの影移動と雷鳴の速さを組み合わせ、シルヴィアとエマがセルジュと戦っている間に斬撃痕で構築した、超攻撃的結界。それらが片腕を失い、氷と影で縛られたセルジュに襲い掛かる。

重厚な斬撃音が鳴り響く事、数秒。黒き攻撃の嵐はまだ止まる様子を見せないままだ。その前にリオンはまた影移動を使い、セルジュの盾の近くにいたエマを救助していた。あのままその場所にエマがいれば、セルジュと一緒に斬撃の牢獄に巻き込まれてしまうからだ。

「――ふはー！　な、何とか上手《うま》くいって良かったぁー！」

居合の姿勢で構える刹那《せつな》の影の場所まで戻ったリオンが、盛大に息を吐く。隠密《おんみつ》スキルを使ってこっそりと細工を施していたのが、余程緊張していたのだろう。続いて、影からエマが這い上がる。

「まさか、これほど力に差があるとは……ですがリオンさん、助かりました。不意打ちとは言えあのセルジュの裏をかき、更には聖剣を持っていた腕を斬るとは。やはり、私は些《いささ》か愚直過ぎるようです……」

「ううん、えっちゃん達がフーちゃんの注意を引いてくれていたからだよ。僕とアレックスだけじゃ、絶対に上手くいかなかったもん」

「リオンちゃん。それで、さっきの人は倒せたと思っていいのかしら？」

刹那は変わらず斬撃の続く前方を見据えて、不安そうに呟《つぶや》いた。

「せっちゃんの斬鉄権みたいな、何でも斬っちゃう能力でもない限りは無理だと思うけど……僕達の影移動での不意打ちが通用するのは、多分あれっきり。だからあれだけ念入りに、アクラマを斬撃痕でセットしたんだ」

「ん、それじゃあ、まだ確証はないんだね？」

「シルヴィー？」

リオンがシルヴィアの方を向くと、彼女は詠唱体勢になっていた。剣を胸の前に掲げ、瞼《まぶた》を閉じて魔力を集束させている。そして集った魔力は天井部へと進路を取り、あるものを形作る。

「――墜ちる氷星《ヘイルミーティア》」

「うわぁー……！」

現れたのは巨大な氷星だった。かつてケルヴィンの昇格式、その模擬戦で見せた大魔法。だが、そのサイズはその時のものよりも一回りも二回りも大きくなっていた。小さな街なら、すっぽりと収まってしまうのではなかろうか。これを落とすとなれば、今リオン達がいる場所も危ないかもしれない。向こう側で戦っている古の勇者達も、戦いながら避難を開始したようだ。

「攻める時は徹底的に攻めるべき。エマも、早く」

「……そう、ね。うん、そうだ。そこまでしないと――」

「――そこまでしないと、勝てないよ？」

「っ！」

エマの遮る透き通った美声。発生源は黒の斬撃の中だった。見れば、リオンの施した斬撃痕は残り少しとなっている。シルヴィアはすかさず巨星を落としにかかった。

「退避します！　お2人とも、もっと後ろへ！」

「うん！　せっちゃん、急いで！」

「わ、分かった」

巨星が墜《お》ちる間際に、リオンの斬撃が完全に消え去る。そこにあったのは、白銀の鎧《よろい》。ジェラールの色合いと雰囲気を真逆にしたような美しき騎士が、何かを護《まも》るように身を低くしていた。やがてその騎士鎧の背を更に何かが突き破って、氷の星へと衝突した。

それはあれだけ巨大であった巨星に易々《やすやす》と貫通し、凄《すさ》まじい衝撃で次々と亀裂を走らせる。

（あれは、矢？）

リオンが咄嗟《とっさ》に見たのは、かなり大きなものではあったが、確かに矢であった。なぜ矢が鎧を突き破って出てきたのかは謎ではある。それでもその一矢は、シルヴィアの巨星を崩壊させる威力を内包していたようで、墜ちる氷星《ヘイルミーティア》はガラガラと幾多もの氷塊となって崩れ落ちていった。

「……不味《まず》いかも」

氷星の欠片《かけら》が墜ち切った後、シルヴィアは静かにそう呟いた。辺りに立ち籠る白い霧は、素肌を凍えさせるに十分なもの。しかし、その寒さは別のところから来ている気がしてならない。

「せっちゃん、えっちゃん、戦闘準備して」

「ええ」

「……うん」

霧が、晴れる。そこに立っていたのは先ほどの鎧と、弓を携えたセルジュだった。弓を使うとすれば両手がいる。そして、彼女の失った筈だった腕は綺麗《きれい》に治っていた。繋《つな》ぎ目などなく、初めから斬られてなんてなかったかのように。ただ、体の所々に傷ついている箇所もある。足の氷も凍り付いたままだ。

「僕、かなり本気で殺しにいったんだけどな。フーちゃん、あの状況でどうやって防いだの？　それに、その弓は？」

答えてくれる筈もないと、半ば冗談がてらに聞いてみる。

「ふっふっふ、ウィルの特性を使ったままでの事だよ。そっちの勇者さんは知ってると思うけど、聖剣ウィルは使い手に合わせてその形状を変えてくれる。さっき私が剣を2つにしたみたいにね。でも私から言わせてもらえば、それだけじゃ半人前、不完全過ぎる。思い描いた武器にできるんなら、思い描いた防具にだってなれるんだもん。さっきの聖盾《イージス》やこの聖鎧《ガラハッド》みたいにね。要は想像力の勝利さ。で、どうやって攻撃を防いだかっていうと、斬られた腕に握らせていた聖剣を騎士鎧に作り変えて、私を護るように指示したんだよ。聖鎧《ガラハッド》が私を護っている間に、ついでに回収した腕を白魔法で治療すれば、ほらこの通り！」

セルジュが魔法を唱えると、体のあちこちの負傷がたちどころに消えていってしまった。そして、突破方法は案外普通に教えてくれた。この辺はアンジェやベルが話していた通り、本当にお喋《しゃべ》りなだけだろうか。

「リオン、誇って良いよ。これ、私が緊急時に使う最終手段だもん。ホントに危なかったよ」

コンコン、と鎧の胸部をセルジュが軽く叩《たた》くと、鎧は瞬く間に盾に変化して宙に浮かぶ。エマが焦がした傷跡も、その盾からは綺麗さっぱりなくなっていた。

「それで最後の警告だけど、ここからまた戦うって言うなら、私も本気で殺《や》らなきゃならない。それこそ聖剣《ウィル》の力を十全に用いて、この聖弓《アルテミス》だって使っちゃう。さっきの斬撃を直《じか》に受けた感じ、多分聖弓《アルテミス》の矢の方が威力高いよ？　どうする？」

大型な白銀弓を前に出して、セルジュが問い掛けた。その台詞《せりふ》は背を向けて立ち去るのなら追わないと、そう言っているようだった。

「いやいや、反則的な強さに武具も自由自在って、しかも自分で回復しちゃうのは駄目でしょ。おじさん泣いちゃいそう。お嬢ちゃん達、大丈夫かい？　やるなら一撃必殺、首か心臓を取るしかないよ？　君達はまだ若いんだし、おじさん、逃げるのも時には恥じゃないって思うなぁ」

「……利那さん達は、無理だと思ったら退《ひ》いてください。ですが、私とシルヴィアは退きません。この先に、母さんがいると思いますから」

「お腹《なか》、空《す》いた……早くお母さんの手料理食べたい」

「僕も同意見かな。ケルにいとメルねえと早く合流したいもん」

「だ、そうよ？　ニトさん、私達だけでも逃げる？」

「いやぁ、流石《さすが》にこの空気じゃ逃げ辛《づら》いでしょ……刹那ちゃん、死の瀬戸際における実戦は、通常の鍛錬の何十倍にも勝る。ここで虎狼《ころう》流剣術、極めてもらうよ」

「望むところ！」

刹那が決意の叫びを上げる。彼女だけでなく、リオンも、シルヴィア達も気持ちは同じ。ならば彼女達に、撤退の文字がある筈がなかった。

「そっか。最終的には私の桃源郷計画に加わってほしかったけど、覚悟があるなら仕方ないかな。——無残に死ぬなよ?」

足の氷を気にする様子もなく、踏み潰すように踏み込み、セルジュが矢を放ちながら突貫。浮遊する盾もセルジュに追随している。

「抜刀・燕《つばめ》!」

その速度は抜刀と同速。刹那の飛翔《ひしょう》した刃が、放たれた聖弓《アルテミス》の矢を斬り伏せる。恐らくは最後となる衝突に、4人と一刀は全力を注ぐ。

◇　◇　◇

迫り来るセルジュが、聖剣を弓型に変化させた聖弓《アルテミス》で矢を連射する。矢といってもそのサイズはバリスタから放たれる、攻城兵器のそれだ。シルヴィアの墜ちる氷星《ヘイルミーティア》を一撃の下に粉砕した事から、矢の1本1本がS級魔法と同等以上の威力を秘めていると考えた方がいい。最悪を想定すれば、エフィルの極蒼炎の焦矢《メルトブレイズアロー》よりも突破力に優れているかもしれないのだ。

「ふっ!」

「ハァッ!」

矢を迎撃するは、黒剣アクラマから放つリオンの空顎《アギト》・黒雷《コクライ》と、刹那の高速抜刀術から放たれる抜刀・燕。しかし、リオンが放つ斬撃の中でも特に威力が高いこの空顎《アギト》でも、聖弓《アルテミス》の矢と衝突すると打ち負かされ、悉《ことごと》く消滅してしまっていた。

唯一その力に対抗できたのは、刹那の『斬鉄権』を行使した斬撃だ。刹那が抜刀したその時点で放たれた矢にまで至るその斬撃は、相手が何であろうと歯牙にもかけずに斬り伏せる。セルジュの攻撃に対しても、刹那の抜刀は効果的であったのだ。

「ごめん、せっちゃん！　全部斬り落とせるっ!?」

「無理でも斬りますっ！　皆さんは次の手をっ！」

セルジュが矢を放つ速度と刹那の抜刀する速度は、ほぼ同等だ。他にあの矢に対抗できる有効打がない現状、刹那を信じるしかない。だが、それを補助する事はできる。

「シルヴィー、えっちゃん！」

「ん、壁を作ろう」

「ぶっ飛んだのを創造しますよっ！」

詠唱、詠唱、詠唱。3人の高速詠唱に合わせて青き氷塊、赤き焔《ほむら》、紫の雷鳴が境界に障壁を形作っていく。

「紫電の巨番犬《ギガスケラヴノス》！」

「絶氷山壁《ディープヘイルベルク》」

「獄炎山壁《ヴォルカノンベルク》！」

距離を詰めようとするセルジュの眼前に、空間の限界にまで展開された山の如《ごと》き障壁が出現する。それは全てを凍て付《い》かせる氷でありながら灼熱《しゃくねつ》の炎を纏《まと》い、更には紫色の雷で形成された巨犬もが壁に乗り移って、バチバチと強力な稲妻を走らせ始める。宛《さなが》らそれは地獄の体現、絶対不壊《ふえ》の防壁であった。

「炎と氷、それに雷を併せるなんて、面白い事をするねっ！　でも――」

セルジュは大きく跳躍すると、ジグザグに空を蹴って更にそのスピードを上げていく。そして、再び武器の形状を変化させた。

「――聖槌《ミヨルニル》を防ぐには、ちょっと薄過ぎるかな！」

大巨人が扱うような、巨大な大槌《おおづち》。装飾は剣や弓の時同様、白銀に統一されていた。明らかに使用者とのスケールが合っていないその得物を、セルジュは自在に振り回す。あっという間に壁の中心地に達したセルジュは大きく振りかぶり、神の槌《つち》をフルスイングした。

壁に聖槌《ミヨルニル》が触れた瞬間、3属性の獣が武器伝いにセルジュに襲い掛かるも、彼女はどこ吹く風と受け流す。この程度であれば致命傷にはならず、また直《す》ぐに回復もできると高を括《くく》っているのかもしれない。

3人の力を統合して作り上げた防壁が、極大なる聖槌《ミヨルニル》によって一撃の下に粉砕される。その所業は神話に登場する神々によるもののようで、豪胆ながらも幻想的な光景だった。だが、それは驕《おご》りでもあったのだ。

「エマ」

「分かってる！　私の鎖、限度の3回まで全部使うわよっ！」

シルヴィアに名指しされたエマが、防壁を破ったセルジュに手をかざす。

（……？）

違和感、自身の体に何かを巻き付けられたような感覚に、セルジュは眉をひそめる。察知系スキルは反応していない、特にこれといった異常がある訳でもない。しかし、何かをされたのだと確信はした。

エマの持つ固有スキル『咎《とが》の魔鎖』。対象の状態異常や補助効果を固定化する能力である。分かりやすく言えば、毒などの状態異常になった対象は、どんな回復魔法やアイテムを使おうが毒のままであり、魔法の効き辛い体質であるシルヴィアに対しても効力を有効化させる事ができるのだ。

発動条件はエマの視界に入っており、かざした手の先に相手がいる事。一度に固定化できるのは3回まで。そして今、エマは条件を達してその全ての鎖をセルジュに投げ打った。固定化対象は、壁を破壊する寸前にセルジュを襲った凍結、火傷《やけど》、麻痺《まひ》の3種。これによりセルジュはエマを倒さない限り、それら状態異常は何をしようと治療できなくなった。

（治らない？　やっぱり何かされてるなぁ……）

即刻治療を行おうとしたセルジュは、その事実を早い段階で知る事ができた。そして、次の方針も定まる。速攻で倒す、だ。

「聖弓《アルテミス》！」

形態を弓に戻し、空中からの連射。徐々に凍り付いていく氷と、全身が本来の動きができないままでの攻撃だ。火傷を負った傷だって痛まない筈《はず》がない。攻撃速度は格段に落ちている。その代わり、天歩による猛烈な立体機動で射撃位置が攪乱《かくらん》されていた。

「なっ……！　ペナルティー貰《もら》っている人の動きじゃないですよっ!?」

「落ち着いて！　矢は私が斬ります！」

「ん、時間を掛けるほどに私の氷は侵食する。彼女は向かって来るしかない」

「なら、僕達《たち》の全力をぶつけるまでだよっ！」

ジグザグな軌道を描きながら迫るセルジュの矢を、刹那《せつな》が冷静に対処していく。矢は全てが斬り捨てられ、遂《つい》には痺《しび》れを切らしたセルジュが別の手に出た。

「聖槍《アンサラー》」

空中に足場を作り、一気に駆け上がったセルジュが槍《やり》を持ってリオン達と衝突する。真っ向からリオン、シルヴィア、エマを相手取っての剣戟《けんげき》が響き渡った。弓同様、セルジュの動きはさっきよりも鈍い。囲い込むようにして攻撃を仕掛けるリオン達に対し、槍のリーチを活《い》かし、追従する聖盾《イージス》を使いながら巧みに渡り合うセルジュ。戦いは互角のものとなっていた。いや、時間を稼がれると侵食領域が広がる分、セルジュが不利だ。

気が付けば、宙に浮かぶ聖盾《イージス》の数が2つに増えている。エマはまだ増えるのかと辟易《へきえき》しつつも、セルジュにも余裕がなくなっているのだと確証を得ていた。同時に、不穏な予感を感じ取る。

「剿滅の罰光《ディザスターレイ》！」

無詠唱による極大レーザーが、セルジュの片手から放たれた。予備動作なし、エマが咎の魔鎖を使った時のように、ただ手を掲げただけの簡単な動き。されど、放たれた光はエマを一撃で屠《ほふ》るに十分な威力を伴っていた。

「最善手」

「シ、シルヴィア!?」

レーザーとエマの間に押し入ったシルヴィアが、その身を盾に光とぶつける。足元を氷で生成した鉤爪《かぎづめ》でガッチリと留め、固有スキル『二重魔装甲』を自動発動。極大の光の束が、シルヴィアに弾《はじ》かれていく。

「「ハッ！」」

「とっ……！」

セルジュが魔法を使った隙を突いて、刹那が聖盾《イージス》の1つを斬り裂き、その間を縫ってリオンがセルジュに斬りかかる。紙一重で躱《かわ》すセルジュであったが、もう明らかに限界であった。

（きっついなぁ。やっぱり、メルフィーナクラスを4人ってのは言い過ぎたかな？　でも、あれは絶対福音が発動していればって話だったし……あー、もう。うだうだしていたらもっと駄目！　私はやればできる子！　元気な子！　逆境こそ勇者の腕の見せ所、ってね！）

「ウィル、もう全力で力を見せつけるよっ！」

「「「「――っ！」」」」

その瞬間、4人全員が後ろに退いた。セルジュが聖剣《ウィル》の形態で床に刃先を突き刺した矢先、大量の聖剣《ウィル》が地面から現れたのだ。百、千――いや、もっとかもしれない。

「この聖剣《ウィルジリオン》はホント維持するの辛《つら》いからさ、さっさと終わら――」

「――『模擬取るもの』、発動」

空間に存在していた一切の影が蠢《うごめ》き、立体化していく。千の聖剣を揃《そろ》えたセルジュに対《たい》峙《じ》したのは、千の漆黒の剣を揃えたリオンであった。

◇　◇　◇

模擬取るもの、それはアレックスが最深淵の黒狼王《ヴァナルガンド》に進化する際に会得した固有スキルである。影の上に映るものの形を真似《まね》、その特性までもを模倣するコピー能力のようなものだ。制限は自身の体の体積の最大サイズまで、容量が余っても模擬できるのは一度に1つ、対象は武器やアイテムなどの無生物に限られる。

この能力を用いてアレックスとリオンが共闘すれば、アレックスのステータスを顕現させた武器をリオンが使う事も可能となる。リオンの言うところの人狼《じんろう》一体三刀流、『影狼《かげろう》モード』の真骨頂の1つだ。

ただ、コピーしたからといってそれを十全に利用できる訳ではない。それが何らかの力を持った武器だとすれば、本物の所有者の方が圧倒的に使い慣れているだろうし、応用も利くだろう。あくまでこの力は技の1つであって、決定打にはなり得ない。が、セルジュの聖剣ウィルに関してだけは、前もってその力の特質を理解していたのもあり、リオンはその使い方をこっそりとデザインしていたのだ。

「──私の聖剣《ウィルジリオン》、いや、黒い聖剣《ウィルジリオン》？」

「フーちゃん、聖剣ウィルは思い描いた武器になるって言ったよね。なら、僕だって負けないよ。何せ、妄想力は人一倍だからさっ！」

「へぇ、面白い。よく分からないけど、それで私に対抗しようって言うんだね。いいよ、受けちゃう。リオンの全てを受け止めちゃう！」

床に突き刺さった聖剣群が、紅と黒とに分かれて宙に浮かび出す。紅《あか》き聖剣《ウィル》はリオン、刹那、シルヴィア、エマに向けて剣先を向ける。一方で黒き聖剣《ウィル》はセルジュにのみその剣先が向けられた。同じ方向ではあるが、4人に攻撃が分散される分、後は仲間を信じて耐え凌《しの》ぐしかない。リオンはこの攻撃で全てを終わらせるつもりだ。恐らくは、セルジュも。

「「いっけぇぇ――――!」」

号令と共に放出され、踊り出す2色の聖剣。柄《つか》部分が爆発したかのように一斉に放射された、千に及ぶ互いの攻撃が衝突する。

すれ違い様にぶつかった2本の剣は、片や光の微粒子となって拡散、片や影の塊となってぼとりと地面に落ちていった。威力は全くの互角、そうなれば残弾の勝負となるのだが、これにおいても両者一歩も退《ひ》かなかった。次々と新たな聖剣が誕生して、その度に放出される。リオンはより鋭く、より強い聖剣を夢想し続け、セルジュもまたそれを願う。生まれ来る聖剣は一進一退だった。

しかし、1点だけ2人の間で異なる事があった。彼女らの周りに、仲間がいるかいないかである。セルジュは両手に聖剣《ウィル》を携えて、空顎《アギト》に似た斬撃を高速で放ちながら攻撃を防ぎつつ、自身の攻撃にも気を緩ませない。攻撃と護《まも》りを一手に担っているのだ。状態異常に侵されながら、それを可能にしているのは狂気の沙汰であろう。そんなセルジュを相手に、リオンの周りには――

「リオンさん! どうかここは私達に任せて、攻撃に専念してください!」

「ん、盾になる」

リオンを最後列に置いて、最前列にシルヴィアとエマを、間に刹那を挟む絶対防衛陣が築かれていた。

「刹那ちゃん、できるね!?」

「ここでできなきゃ、いつできるんですかっ！　抜刀・椋鳥《むくどり》！」

刹那が抜刀する度に生じる斬鉄権を行使した無数の斬撃が、迫り来るセルジュの聖剣を迎撃。その都度にニトが手直しを口頭で施し、神経を研ぎ澄ませた刹那がそれを実行に移す。完全でなかった虎狼《ころう》流の奥義も、今ではそれらしくなっていた。

「膨焔《ベテル》！」

「狂乱の氷息吹《アイアスリートブレス》」

エマの大剣が高熱を発しながら膨張して、元の3倍はあろう刀身に変形。更にはシルヴィアがS級青魔法【狂乱の氷息吹《アイアスリートブレス》】を唱え、紅《あか》き聖剣とは真逆方向に鋼鉄の氷が入り混じった暴風を風立たせる。氷塊をぶつけ進行方向と逆に嵐を巻き起こす事で威力を削ぎ落とし、巨大に膨れ上がったエマの太陽の鉄屑《ソルフォルム》を盾代わりにしようというのだ。特に狂乱の氷息吹《アイアスリートブレス》は攻撃にも転用され、防御と同時にセルジュにも襲い掛かっている。

仲間達の支援のお蔭《かげ》で、何もせずともリオンにまで攻撃が至る事はなかった。黒き聖剣の生成のみに集中できていた。だからこそ、勝負の明暗が分かれた。

「つっ……！」

セルジュの片足に、迎撃し損ねたリオンの剣が届いたのだ。この状況下で剣術の肝となる軸を失う。それはつまり刻み続けたリズムが止まり、総崩れになる事を意味する。黒き聖剣は次々とセルジュに突き刺さり始め、彼女の外套《がいとう》が赤く染まる。もちろん、獣王から対人戦のイロハを教わったリオンが、その隙を逃す筈もない。

『アレックス！』

『ウォン！』

聖剣群の中に1本だけ、狼《おおかみ》の紋章が施されたジェラールの大剣が生成された。剣における最強のイメージ、リオンにとってそれは剣の師であるジェラールであり、想《おも》いは力となって漆黒の大剣に注がれる。

（フーちゃん、とっても強かったよ。次はケルにいともよろしくね）

不意に大剣が放たれた。向かい合う聖剣を弾き飛ばし、一直線にセルジュへと突き進む。その進路を塞がんと現れたのは、陰ながら残っていた聖盾《イージス》だった。この攻撃はセルジュの命に関わる。盾はそう判断したのか、自動的に動き出したのだ。

「抜刀・燕《つばめ》」

だが、それも間に合わない。刹那の斬撃によって斬られ、聖盾《イージス》もまた光の粒子となって消えてしまった。正真正銘、これで彼女を護るものは何もない。

――ズン。

「……あーあ、勇者が死んでしまうとは情けない。まあ、足止めにはなったのかな。守護者としては失格、だけ、ど」

心臓を貫かれたセルジュは口から血を零《こぼ》し、左手の聖剣《ウィル》を落とした。剣先から落ちたウィルはそのまま光となって分散してしまう。気付けば、宙に浮かんでいた千の聖剣の姿もなくなっていた。恐らくは右手の剣が本体で、それ以外が消滅してしまったのだろう。

「剿滅の罰光《ディザスターレイ》」

空いた左から放たれる、極大レーザー。しかし、それはもうシルヴィアが破った魔法だ。何も言わず先頭に立ったシルヴィアが、二重魔装甲で攻撃を凌ぎ切る。眩《まばゆ》い光の光線が消えた頃には、大剣に貫かれていたセルジュの姿は、もうそこにはなかった。『新たなる旅立ち』による蘇生《そせい》脱出。リオン達は周囲警戒に努めるも、それからセルジュが姿を現す事はなかった。長きに亘《わた》って行われた勇者の戦い――勝利の女神が微笑《ほほえ》んだのは、現代の勇者達だった。

◇　◇　◇

「やった、のかな？」

「リオンちゃん、それは言わない約束。実際、どこかで生きてるんでしょうけど……」

周囲の警戒を一通りし終え、リオン達《たち》はフィリップら古《いにしえ》の勇者達と合流する。どうやら彼らと戦っていた女性版古の勇者も、セルジュがこの場から消えた事でいなくなったらしい。

「結局、最後まで助太刀できませんでしたね……申し訳ありません」

「いやー、あれの相手しながらは流石《さすが》に無理だと僕は思うな。本当に互角、むしろそれ以上の強さだったもん。足止めできただけでも、僕は満足だよ」

「フィリップ教皇、貴方《あなた》は少し自重してください」

「もう！　サイは堅苦し過ぎなんですー」

「ところでフィリップ、女装に興味はないか？　このソロンディール、新たな道を開けそうなんだ」

「え？」

「あはは……兎《と》も角《かく》、皆無事で良かったかな。僕達は結構ボロボロだけどね」

そう言ってリオンが皆を見回す。最後にセルジュが放った聖剣《ウィルジリオン》の一斉掃射を、完全に防ぎ切ったというには些《いささ》か生傷が多過ぎた。体中が傷だらけであり、特に盾となって戦線に立っていたエマは、2本ほど聖剣による攻撃の直撃を受けていた。シルヴィアの魔法で威力を落としていたとはいえ、その傷口は実に痛々しい。

「いっつつ……使徒ってあそこまで出鱈目《でたらめ》なの？　本気で自信なくす……」

「安心しなよ。守護者は使徒の中でも特に出鱈目な子だったから。おじさん、正直彼女に勝てるとは思わなかったよ。世の中面白いもんだねぇ。刹那《せつな》ちゃんも虎狼流剣術に乗り気になってきたし、おじさんの剣生は薔薇色《ばらいろ》だよ」

「ニトさん、ちょっと黙って」

「それよりも誰か、白魔法使える人いる？　エマを治してほしい」

「ああ、それなら僕に任せてよ。デラミスの教皇から治療を賜るなんて、一生に一度の栄誉だよ？　なんちゃって」

「フィリップ教皇……」

「分かってるって、ちゃんと全員治療しますー。ほら、君らも並んだ並んだ。傷跡は残さないから安心してね」

エマの傷口にフィリップが手を当て、治療を開始する。眩く、けれども優しい光は瞬く間に傷口を塞ぎ、ついでとばかりに体全体の小さな傷までも治していった。

「シルヴィア、貴女《あなた》もセルジュの蹴りをもろに受けたでしょ？　大丈夫？」

「痛かったけど、もう自然治癒で完治済み。他の傷も勝手に治るよ」

「ケロっとした顔でサラッと言わないでよ。見ていたこっちは心臓が止まるかと思ったんだから……」

「ん、気を付ける」

怪我《けが》はしても、会話ができる程度に元気ではあるらしい。ホッとするリオン。しかし誰かが足りないような気がして、気持ちが晴れない。誰かが、誰かが――

「――あっ、コレットは？」

コレット。そう、コレットの姿が見えないのだ。利那達をこの空間に導いた後に下がった筈《はず》だったのだが、背後に四つん這《ば》いになっていた、あの小鹿のような姿は見当たらない。

「そういえば、途中から姿が見えなかったような……」

「も、もしかして、フーちゃんに誘拐された、とか？」

「な！　勇者が人質を取るんですかっ!?」

「待ってください。あの心優しいセルジュが、そのような事をするとは考えられません。何かの間違いでは？」

「あれ？　セルジュ、英霊の地下墓地で僕の隠し子誘拐してなかったたっけ？」

「待て、フィリップ。隠し子とは何の話なのだ？」

「……ソロンディール、話が脱線している」

辺りが騒然とし出す中、リオンは冷静に状況を整理する。こんな時こそ慌ててはならない、それも獣王の教えだった。

（うーん……勇者と言っても、日本には古今東西色んな種類の勇者がいたからなぁ。もちろん創作の世界でだけど、ダークヒーローってジャンルがあるくらいだし。なりふり構わない状況になれば、フーちゃんもたぶんそうする。僕だってケルにいの為《ため》に必要であれば、するとと思う。でも、フーちゃんが途中で何か行動を起こしていた様子はなかった。とすれば、第4の能力とか――）

先の戦闘と現在の状態から、可能性を洗い出すだけ洗い出す。ただ、結末は案外と単純なものであった。

「――ご安心ください。コレットはここにおりますので！」

まさかの捜し人本人からの宣言。しかし、姿は見えない。

「えっ？　ど、どこ？」

「こちらです。神殿の裏側です」

コレットがひょっこりと神殿背後から顔を出す。どうやら、今まで隠れていたようだ。

「コレット！　もう、心配したよー」

「リオン様も皆様も、お騒がせして申し訳ありませんでした。戦いの邪魔になるまいと、あそこで巫女《みこ》の秘術を使い気配を断っておりまして」

「だとしても、先ほどから何度も呼びかけていたのですが……巫女様、あの裏で一体何を？」

「い、いえ、それが何と言えばいいのでしょうか。魔力の大量消費による反動のピークが、その……」

コレットのしどろもどろな答弁に、この時点で事情を察したリオンなどの一部の者達が、「あー」と心の中で呟《つぶや》く。そして、神殿の裏側は覗《のぞ》くまいと心に誓った。

「そ、そうだ！　フーちゃんとの戦い、コレットの策があったから勝てたんだよ！　本当にありがとう」

気を利かせたリオンが、話題転換を図ってくれた。この心遣いはコレットにとって鼻血ものだが、何とか堪える。

「いえ、私にできる事を精査しただけですから。途中からは隠れていただけでしたし……」

以前セルジュがシスター・アトラを誘拐しようとしていた事から、隙あらば自身も狙われる可能性があるのではないかと、コレットは予想していた。聖槍《せいそう》イクリプスの鞘《さや》、それがデラミスの血を引く者を対象とするのなら、コレットは正に狙い目だったからだ。教皇のフィリップも対象には入るのだが、絶対にセルジュからは近づかないだろうと推測して、こちらは捨て置いていた。案の定、セルジュはフィリップを眼中にも入れてなかったようだ。

「うん？　コレット。今、愛《いと》しのお父様に何か良からぬ感情を抱かなかったかい？」

「教皇、胸の内に聞いてくださいね。コホン、失礼……」

「ですが、デラミスを代表する方々が一挙に集まるとは、思い切りましたね。本国は大丈夫なんですか？」

「ここだけの話、行方の分からぬ使徒がまだ存在する現状において、デラミス国内に留《とど》まるよりも、ケルヴィン様方と行動を共にした方が安全でもありましたからね。世界の何処《どこ》を探しても、これ以上に頼もしい方々はいらっしゃいませんから。本国は先代光竜王のムルムル様にお任せしていますし、いざとなれば水国トラージの水竜王様がいらっしゃる事になってます」

「はぁー、豪勢な面子《メンツ》だねぇ。おじさん、もう竜はこりごりだから絶対行きたくないよ」

「……？　ニトさん、何の話です？」

ニトの脳裏に甦《よみがえ》るは、逃げては逃げては逃げまくった、死と隣り合わせの鬼ごっこ。実際に死んでいたのは分身の自分ではあったが、刀である彼も気が気でなかったのかもしれない。

「よし、治療おしまい！　これで全員、満身創痍《まんしんそうい》から全回復した筈だよ」

「いよいよ敵本陣、ですね」

「ん、お母さんがいるかもしれないね」

次なる目的地は神殿の奥、ケルヴィンとメルフィーナが先に向かったであろう場所だ。そしてそこには、恐らく代行者、アイリス・デラミリウスがいる。

「……あれ？」

「リオンちゃん、どうしたの？」

隣で小首を傾《かし》げているリオンに、刹那が尋ねた。何やら困惑しているようだ。

「ケルにい達にこれから向かうって念話しようと思ったんだけど、繋《つな》がらないみたいで……おかしいな、こんな事今までなかったんだけど……」

「えっ？」

あとがき

『黒の召喚士11　角笛響く深淵《しんえん》』をご購入くださり、誠にありがとうございます。年の初めはいつもバタバタな迷井《まよい》豆腐《どうふ》です。ＷＥＢ小説版から引き続き本書を手にとって頂いた読者の皆様は、いつもご購読ありがとうございます。

さて、早速ではありますが、本書のカバーイラストをご覧頂くとある事に気が付くと思います。これまでとは異なっている、ある事に……。そう、ケルヴィンがいないのです！　これまで如何《いか》なる時も、如何なるキャラが表紙を飾っている時も、背後のどこかで頑張ってポージングしていたあのケルヴィンが、遂《つい》に世代交代してしまったのです！　これも時代の流れでしょうか。それともセルジュが嫌がったのでしょうか。でもまあ、うん、その相手がリオンなら、ケルヴィンも喜んで交代してくれたんじゃないかな、と。次巻は一体どうなる事やら。おっと、そろそろ時間ですね、実に残念。

最後に、本書『黒の召喚士』を製作するにあたって、華やかな勇者ガールズを描いてくださったイラストレーターの黒銀様とダイエクスト様、そして校正者様、忘れてはならない読者の皆様に感謝の意を申し上げます。それでは、次巻でもお会いできることを祈りつつ、引き続き『黒の召喚士』をよろしくお願い致します。

迷井豆腐

黒の召喚士 11
角笛響く深淵

発　行　2020年2月25日　初版第一刷発行

著　者　迷井豆腐
発行者　永田勝治
発行所　株式会社オーバーラップ
〒141-0031　東京都品川区西五反田 7-9-5
校正・DTP　株式会社鷗来堂
印刷・製本　大日本印刷株式会社

Printed in Japan ISBN 978-4-86554-613-2 C0193